Prescott Sisters

Der Maskenball

Karin Lindberg

Reihenfolge „Prescott Sisters":

Band 1 Der Maskenball
Band 2 Die Entführung
Band 3 Der Meisterdieb
Band 4 Der Amerikaner
Band 5 Der Bodyguard

Verlag:
BookRix GmbH & Co. KG
Sonnenstraße 23
80331 München
Deutschland

Lektorat: Dorothea Kenneweg
Korrektorat: Dr. Andreas Fischer
2. Korrektorat: Martina König
Covergestaltung: Casandra Krammer
Copyright © Karin Lindberg 2017

www.karinlindberg.info
ISBN: 978-3-7438-0104-2

www.bookrix.de

Prescott

Sisters

Der Maskenball

Bisher erschienen

Shanghai Love Affairs

Vertraglich Verliebt (1)
High Heels im Schnee (2)
Act of Law – Liebe verpflichtet (3)

Romantische Komödien

Ein Abenteuer in den Highlands
Liebe süßsauer
Lilja und die Liebe
Ein Schokoholic will Meer
Wollsockenwinterknistern
Ein Vorurteil kommt selten allein

Prescott Sisters

Der Maskenball
Die Entführung

Prolog

MANCHMAL HASSE ICH MEIN LEBEN und dieser Moment ist einer davon. Ich bin es leid, diese Rolle zu spielen, in der ich die gesellschaftliche Stellung meiner Familie repräsentieren muss. Immer nur als Mitglied einer Unternehmerdynastie wahrgenommen zu werden und nicht als eigenständige Person, ist so schrecklich anstrengend.

Ich nippe an meinem Champagner und sehe mich gelangweilt um. Es ist bereits dunkel draußen und leise Klaviermusik dringt über das Murmeln der Gäste hinweg an mein Ohr. Durch die offenen Terrassentüren weht ein laues Lüftchen. Eigentlich eine herrliche Kulisse für einen schönen Abend, aber ich habe zu viele Feiern dieser Art erlebt und irgendwie ist jede gleich. Für mich gibt es kein Entrinnen, es ist die Dinnerparty meines Vaters. Meine Präsenz wird erwartet. Es ist ihm wichtig, dass ich hin und wieder an seinen sozialen Aktivitäten teilnehme. Solange ich in Shanghai bin jedenfalls. Um diesen familiären Verpflichtungen zu entkommen, habe ich in den letzten fünf Jahren in den Vereinigten Staaten Schauspielerei und Drehbuchschreiben studiert. Nun habe ich meinen Abschluss in der Tasche und weiß nicht so recht, was ich damit anfangen soll. Eigentlich geht es mir sehr gut. Mir fehlt es an nichts, eher im Gegenteil. Ich habe alles, was man sich nur wünschen kann – materiell gesehen zumindest.

Wahrscheinlich liegt genau da mein Problem, an dem ich arbeiten muss. Seit ich Liam begegnet bin, ist mir klar, was mir bislang gefehlt hat. Warum ich nicht glücklich war, sollte ich daher vielleicht lieber sagen. Bei ihm fühle ich mich wohl, bei ihm kann ich sein, wie ich wirklich bin. Und das ist gleichzeitig das Beängstigende an der ganzen Sache, denn ich habe ihm noch immer nicht die Wahrheit über meine Herkunft gesagt. Zu meiner Verteidigung rede ich mir ständig ein, dass der passende Augenblick einfach noch nicht gekommen ist. Aber das glaube ich nicht mal selbst. Es wird mit jedem Tag, den wir uns kennen, schwieriger, meine Lügen zu erklären.

Ich leere mein Glas mit einem Schluck. Jetzt ist nicht der richtige Zeitpunkt, mir einen Schlachtplan zu überlegen, schon gar nicht, wenn meine älteste Schwester Megan mit diesem Gesichtsausdruck auf mich zukommt.

„Virginia", zischt sie mir zu. „Steh hier nicht rum wie ein Ölgötze. Misch dich unter die Gäste, unterhalte dich, schließlich sind wir die Gastgeber."

Ich unterdrücke ein Augenrollen. Ich hasse es, wenn sie mich bevormundet, als wäre sie meine Mutter. „Natürlich, Megan. Sekunde, ich knipse nur kurz das Partygesicht an." Ich setze ein mechanisches Lächeln auf. Wenigstens etwas, das ich auf der Schauspielschule in Los Angeles gelernt habe. Megan atmet hörbar aus und für einen kurzen Moment presst sie ihre dezent geschminkten Lippen aufeinander, bis sie offenbar entscheidet, dass es keinen Sinn hat, ihre Energie mit mir zu vergeuden. Sie schnauft kurz und macht auf dem Absatz kehrt, um einen Herrn mittleren Alters zu begrüßen, den ich nicht kenne. Gott sei Dank, ich bin sie fürs Erste los.

Ein Kellner vom Cateringservice kommt mit einem Tablett an mir vorbei und ich tausche mein leeres Glas gegen ein volles. Dieses werde ich nicht so runterstürzen wie das vorige, denn ich spüre die Wirkung des Alkohols bereits und ich will mich nicht danebenbenehmen. So weit würde die Rebellin in mir heute dann doch nicht gehen. Für Eklats ist immer noch meine andere Schwester Ashley zuständig. Sie macht einfach, was ihr gefällt. Vielleicht bewundere ich sie dafür sogar ein bisschen. Mir als Nesthäkchen steht es jedenfalls nicht zu, aus dem Rahmen zu fallen.

In meinem Bauch hat sich nach dem Champagner eine wohlige Wärme ausgebreitet und ich fühle mich leicht und ein wenig kopflos. Das ist sehr angenehm, so kann ich den Abend besser ertragen.

Den Ausflug in ein anderes Leben habe ich so sehr genossen, dass es mir schwerfällt, in meiner Wirklichkeit klarzukommen.

Apropos klarkommen. Wo ist der Gastgeber eigentlich? Ich wundere mich ein bisschen, wo mein Vater steckt. Üblicherweise ist er der strahlende Mittelpunkt seiner Dinnerpartys. Heute werden ungefähr vierzig Leute zum Abendessen erwartet, da gibt es also einiges zum Bespaßen. Unsere Villa ist groß genug, um eine Veranstaltung für mehr als hundert Gäste auszurichten, aber mein Dad legt Wert auf ein gewisses Maß an Exklusivität und die Herrschaften der Society kommen gern zu uns. Das liegt unzweifelhaft daran, dass Jonathan Prescott einer der einflussreichsten Expats in Shanghai ist. In dieser Sekunde betritt er den Raum und mein Herz setzt einen Schlag aus, als ich sehe, wen er im Schlepptau hat. Er unterhält sich angeregt und konzentriert mit … Liam. *Meinem* Liam.

Es dauert einen Moment, bis ich begreife, dass er es tatsächlich ist. Liam sieht mit Smoking und Fliege so anders aus, dass ich vergessen habe zu atmen. Auch wenn ich ihn auf dem Maskenball im Abendanzug gesehen habe, aber das scheint mir Lichtjahre entfernt, obwohl es noch nicht mal eine Woche her ist. Gierig sauge ich Luft in meine leeren Lungen, mein Puls rast und mir ist schwindelig. Was zur Hölle will *er* hier?

Ich überlege fieberhaft, ob ich irgendwie ungesehen verschwinden kann, doch Dad hat mich leider schon erblickt und ist direkt auf dem Weg zu mir. Wir haben uns heute nicht getroffen und er will mich ganz offensichtlich erst mal richtig begrüßen – mit Liam an seiner Seite. Ich muss mir schnellstens was einfallen lassen. Liam folgt ihm und sieht mich jetzt an. Seine Augen leuchten kurz auf, als er mich erkennt. Er hat ja noch keine Ahnung! Ich weiß, dass er gleich überrascht sein wird, und dann wird er höchstwahrscheinlich sauer werden. Irgendwo tief in mir drinnen hoffe ich, dass er es vielleicht gelassen sehen wird, wenn ich ihm die Lage erkläre. Nach allem, was ich bisher über ihn gehört habe, glaube ich das jedoch nicht wirklich.

Mein Magen rebelliert und ich unterdrücke den Drang, mich zu übergeben. Es gibt kein Entrinnen mehr. Sie sind beinahe bei mir angekommen und mir ist noch nicht eingefallen, wie ich die Situation retten könnte. Ich schlucke und merke, dass ich nach wie vor ein gefrorenes Lächeln im Gesicht habe. Scheiße. Ich bin geliefert. Absolut geliefert.

„Virginia, Liebes", grüßt Dad und gibt mir wie immer, wenn er mich trifft, ein Küsschen auf die Wange. „Wie schön, dass du da bist. Darf ich dir Liam Granger vorstellen? Wir arbeiten an einem gemeinsamen Projekt."

Vorsichtig sehe ich ihn an und begegne seinem Blick. Liams blaue Augen drücken zunächst Erstaunen aus, bis er begreift, dass etwas nicht stimmt. Jetzt lese ich bittere Enttäuschung darin und mir wird ganz schlecht. So viel Kommunikation, ohne ein Wort mit mir zu wechseln, in wenigen Sekunden. Liams Gesichtszüge sind verhärtet, jegliche Farbe ist aus seinem Gesicht gewichen. Ein Ruck geht durch seinen Körper, er fängt sich und hält mir seine Hand hin. Er schafft es sogar, zu lächeln. Es ist genauso unecht wie meines. Mein Vater scheint nichts von alledem mitzubekommen. Er hatte noch nie so feine Antennen, was die emotionale Ebene anbelangt.

„Liam Granger, guten Abend", höre ich Liams dunkle Stimme. Würde ich sie nicht so gut kennen, wären mir die zarten Nuancen in seinem Tonfall gar nicht aufgefallen, die mir deutlich zeigen, wie sehr ihn die Tatsache mitnimmt, dass ich nicht die bin, für die er mich gehalten hat. Mir zerreißt es beinahe das Herz, weil ich ahne, was seine Reaktion bedeutet. Liam hasst Unehrlichkeit und Oberflächlichkeit so sehr, dass es kaum etwas Schlimmeres für ihn gibt, als belogen zu werden. Er hat triftige Gründe dafür, so zu denken. Trotzdem habe ich sein Vertrauen missbraucht, dabei hatte ich tausend Gelegenheiten, ihm reinen Wein einzuschenken. Aber ich habe es nicht getan und mich damit ins Aus katapultiert. Es ist offensichtlich, was das für mich heißt. Liam ist kein Mann, der sich manipulieren lässt, es mit einem

Lächeln übergeht und anschließend zur Tagesordnung zurückkehrt. Vielleicht habe ich noch ein winziges Fünkchen Hoffnung, dass er das Spiel hier vor meinem Vater einfach mitspielt und ich es ihm nachher erklären kann, ohne dass er total ausflippt. Ich klammere mich an diesen Strohhalm.

„Virginia Prescott", flüstere ich tonlos und erwidere seinen Händedruck. Das bekannte Prickeln ergreift Besitz von meinem Körper. Ehe ich etwas ergänzen kann, zieht er seine Finger zurück. Hiermit ist endgültig klar, dass ich für ihn Geschichte bin.

„Virginia, Liebling, würdest du dich einen Moment um Liam kümmern und ihn ein wenig herumführen? Ich sehe gerade, dass Anthony Kepler eingetroffen ist, ich muss ihm Hallo sagen. Entschuldigt mich bitte für einen Augenblick." Er nickt Liam zu und ist schon auf dem Weg zu besagtem Neuankömmling.

Meine Beine zittern unkontrolliert und ich bin kurz davor, den Halt zu verlieren. Weil es meine einzige Chance ist, vielleicht doch noch etwas zu retten, fasse ich all meinen Mut zusammen und wende mich an den Mann, dem mein Herz gehört. „Sollen wir ein bisschen frische Luft schnappen? Dann kann ich dir alles erklären." Vorsichtig suche ich Liams Blick. Ich fürchte mich vor seiner Reaktion.

Der Ausdruck in seinen intensiven blauen Augen sagt mir mehr, als tausend Worte es könnten. Es sind Gleichgültigkeit, Kälte und Enttäuschung. Dabei schüttelt er kaum merklich mit dem Kopf. „Danke, *Virginia*, aber ich glaube, ich möchte mir das nicht anhören. Das ist pure Zeitverschwendung."

Seine dunkle Stimme ist so leise, dass ich ein Stück näher kommen muss, um ihn zu verstehen. Bis die Botschaft wirklich zu mir vorgedrungen ist, vergehen einige Sekunden und ich schaue ihn verzweifelt an. Ein harter Zug liegt um seinen sinnlichen Mund und ich weiß, dass es sinnlos ist, ihn um Vergebung zu bitten.

Ich habe ihn verloren. Ich bin zu weit gegangen. Als ich das begreife, zerbricht etwas in mir. Der Drang, mich in seine Arme zu werfen und ihn um Verständnis zu bitten, ist groß, aber wir sind nicht allein. Es hätte ohnehin keinen Sinn. Liam ist verletzt und vor allem eines: Er ist fertig mit mir. Er hat es nicht nötig, sich mit einer Lügnerin abzugeben. Das hat er mir vor weniger als vierundzwanzig Stunden sehr deutlich gemacht und nun muss ich die Konsequenzen tragen.

„Guten Abend, Miss Prescott." Mehr höre ich nicht von ihm, denn er lässt mich eiskalt stehen. Meine Kehle ist trocken und ich spüre ein Brennen in meinen Augen. Ich werde nicht weinen, nicht hier, vor allen Leuten. Gefühlsausbrüche gibt es im Hause Prescott nur hinter verschlossenen Türen. Ohne eine Regung sehe ich ihm nach. Seine Schultern wirken im Smoking noch breiter, als sie auch so schon sind. Vielleicht ist das das letzte Mal, dass ich diese Aussicht genießen kann. Mein Herz wird bei diesem Gedanken seltsam schwer. Ich atme tief ein und versuche mich zu fangen, bevor die Tränen mich doch noch übermannen.

Er dreht sich nicht zu mir um, sondern marschiert direkt zum Kellner und nimmt sich ein Glas mit einer braunen Flüssigkeit vom Tablett. Vermutlich Scotch. Mein Vater hat eine Leidenschaft für das rauchige

Aroma edler Tropfen und unsere Gäste lässt er gern davon kosten. Ich persönlich bevorzuge Champagner, im Moment ist es mir allerdings herzlich egal, was in dem Kelch in meiner Hand schwimmt.

Ich kann nicht fassen, was eben passiert ist. Leider ist es kein Albtraum, aus dem ich gleich erwachen werde. Liam trinkt seinen Drink ex und schüttelt sich leicht, ehe er den Saal verlässt. Das war es dann wohl.

Ich habe es vermasselt.

1

VIER TAGE ZUVOR
Am liebsten würde ich schreiend davonlaufen. Warum noch mal genau bin ich überhaupt aus L.A. zurück nach Shanghai gekommen? Ich habe wirklich keine Ahnung. Ein Anflug von Heimweh oder der Sehnsucht, näher bei meiner Familie zu sein, vielleicht. Tatsächlich ist es so, dass ich mich in Los Angeles nie wirklich heimisch gefühlt habe. Der Alltag dort spielte sich auf einer ganz anderen, viel oberflächlicheren Ebene ab, mit der ich auf Dauer nichts anfangen konnte. Leider komme ich hier in Shanghai auch nicht mit meinem Leben zurecht. Wahrscheinlich war die Entscheidung, aus Amerika wegzugehen, ein großer Irrtum. Im Moment kommt es mir jedenfalls so vor, denn ich fühle mich ohne eine Sinn gebende Aufgabe schrecklich fehl am Platz und nutzlos. Die Sticheleien meiner Lieben sind dabei nicht hilfreich. Aber das habe ich mir selbst zuzuschreiben. Ich hätte nicht zulassen dürfen, dass sie das Thema Zukunftspläne anschneiden. Nun ist es zu spät und ich muss da durch, ob ich will oder nicht.

„Virginia, Liebes", höre ich meine Großmutter Eugenie sagen, „ich bin auch ganz gespannt, was du nun vorhast." So geht das nun schon seit einer halben Stunde, genauso lange, wie wir alle zusammen beim Tee sitzen. Mit „alle" meine ich meine beiden Schwestern Megan und Kate und meine Granny. Zum Glück sind Ashley und Tessa nicht auch noch da, die jetten gerade irgendwo in der Welt herum. Unsere Familie ist sehr international, irgendwie sind wir überall und nirgendwo heimisch. Genau das ist wahrscheinlich mein Problem. Bin ich unterwegs, habe ich Heimweh, bin ich zu Hause, gehen mir alle auf den Keks. Ich liebe meine vier Geschwister, keine Frage, aber so viel Östrogen kann manchmal zu Streitereien führen, was wirklich anstrengend ist. Da ich die Jüngste bin, kann ich nicht mal den Spruch loslassen, dass ich mir immer einen Bruder gewünscht habe. Es war klar, dass es nach mir, dem fünften Kind, keinen weiteren Nachwuchs geben würde.

„Granny, ich glaube, sie hat keine Pläne. Bisher hat sie das Haus kaum verlassen, seit sie wieder zurück ist. Außer zum Shoppen natürlich." Kate steckt sich ein Petit Four in den Mund und kaut genüsslich. Leider hat sie absolut recht, trotzdem passt es mir nicht, dass alle jederzeit in meinem Leben mitreden wollen. Um es mal auf den Punkt zu bringen: Nesthäkchen zu sein, ist scheiße. Sie denken, das gäbe ihnen die Erlaubnis, mich für immer und ewig wie ein Baby zu behandeln.

„Himmelherrgott, ich bin fünfundzwanzig und gerade mit meinem Master fertig. Darf man sich da nicht mal etwas Bedenkzeit nehmen? Es ist ja nicht so, dass ich unter großem finanziellen Druck stünde."

Megan seufzt theatralisch. Sie ist die Älteste von uns und hat, seit meine Mutter nicht mehr da ist, irgendwie das Bedürfnis, ihre Rolle zu übernehmen. Meiner Meinung nach ist Megan nicht besonders gut darin, aber wehe, man sagt was. Sie kann echt zur Furie werden.

„Ich verstehe sowieso nicht, wieso du Schauspielerei und Drehbuchschreiben studiert hast. Du machst dir nicht mal was aus Filmen", plappert sie die Worte zwischen ihren ungeschminkten Lippen hervor.

In diesen Momenten hasse ich sie sogar ein bisschen, denn sie hat leider vollkommen recht. Unsere Mutter war eine erfolgreiche Schauspielerin und man sagte immer zu mir, dass insbesondere ich ihr wie aus dem Gesicht geschnitten sei und dass ich durchaus Talent hätte. Im Laufe der Zeit ist mir schon ein paarmal der Gedanke gekommen, dass meine Familie vielleicht versucht hat, mir mit dieser Ähnlichkeit irgendeine Verbindung zu meiner Mutter herzustellen, damit ich mich besser fühle, weil ich mich nicht an sie erinnern kann. Es lag für mich nach diesen Ermutigungen nahe, dass ich Schauspielkunst studiere. Tja, bislang sind die bedeutenden Rollenangebote ausgeblieben und für alles gebe ich mich auch nicht her. Ich würde nie in zweitklassigen Streifen mitspielen. So langsam dämmert es mir, dass ich wahrscheinlich nicht das Zeug dazu habe, eine von den Großen zu werden, was mir natürlich nie jemand so knallhart vor den Latz hauen würde. Aber es durch die Blume gesagt zu bekommen, tut genauso weh. Seltsamerweise macht mich die Erkenntnis, dass ich vermutlich nie in die Fußstapfen meiner Mutter treten werde, gar nicht so schrecklich traurig. Es hilft mir nur momentan nicht weiter, weil ich auch nicht weiß, was ich stattdessen beruflich anstreben könnte.

„Kinder, jetzt hört auf, zu streiten. Das ist ja unerträglich." Meine Granny hält sich die Hand an die Stirn und schließt die Augen. „Ich krieg gleich eine Migräne!"

Ich unterdrücke ein Kichern, sage aber nichts, sondern nehme schweigend einen Schluck von meinem Tee. So hat sie es schon immer gemacht, wenn es ihr zu viel wurde. Und das muss recht häufig gewesen sein. Man stelle sich mal die Großmutter mit fünf Mädchen vor, die ohne ihre Mutter aufwachsen. Es ist ihr hoch anzurechnen, dass sie mit uns nach Shanghai ausgewandert ist und für uns ihr Leben in England aufgegeben hat.

Natürlich hatte sie immer Unterstützung von einer Nanny, das ist in unseren Kreisen völlig normal, aber die Hauptlast lag eindeutig auf ihren Schultern. Mein Vater hat seit jeher viel gearbeitet und war ständig unterwegs. Heute beschäftigt er unser ehemaliges Kindermädchen Emma als persönliche Assistentin, die gleichzeitig seinen Haushalt organisiert. Verändert hat es an der Beziehung zu meiner Großmutter allerdings nichts. Granny schätzt ihre Arbeit, glaube ich, traurigerweise können sie sich jedoch nicht leiden, auch nach über zwanzig Jahren nicht. Ich habe nie kapiert, wieso, aber ich verstehe vieles in dieser Familie nicht.

Irgendwann muss vielleicht einmal etwas vorgefallen sein, sehr wahrscheinlich sogar. Da die alte Dame in etwa so nachtragend ist wie ein alter Elefant, hat sich unser damaliges Kindermädchen womöglich mit einer Kleinigkeit sämtliche Sympathien bei ihr verspielt. Ich habe keine Ahnung, aber eines Tages werde ich das herausfinden. Bisher hat mir keine von beiden auf Nachfragen jemals geantwortet. Selbst mein Dad wechselt einfach das Thema, wenn jemand auf das ambivalente Verhältnis zwischen unserer Nanny und unserer Großmutter zu sprechen kommt.

„Also, was hast du vor?", fragt mich Kate und ich drehe eine Haarsträhne zwischen meinen Fingern, während ich mir eine einigermaßen befriedigende Antwort überlege. Ich habe auf diese Diskussion ungefähr so viel Lust wie auf eine Magenspiegelung. Trotzdem spüre ich, wie sich in meinem Bauch ein Knoten bildet, denn meine Schwester Kate hat im Gegensatz zu mir alles richtig gemacht. Sobald sie mir diese Frage stellt, habe ich das Gefühl, sie richtet ihren Zeigefinger nach dem Motto „Was ist bei dir nur schiefgelaufen, obwohl du jegliche Möglichkeiten hattest?" auf mich. Sie ist die Vorzeigeschwester. Blond, groß, schlank und vor allem erfolgreich. Sie wusste immer, was sie wollte, und hat nach dem Abitur Innenarchitektur und Design studiert. Sie hat mit ein wenig Startkapitel von Dad ihre eigene Firma gegründet, die floriert, und kann sich vor Aufträgen – und Verehrern – kaum retten. Wenn ich mit ihr unterwegs bin, werde ich gern mal übersehen, dabei bin ich alles andere als hässlich. Kate überragt mich mit ihren eins fünfundsiebzig beinahe um einen Kopf und ihr glänzendes blondes Haar ist einfach ein Blickfang. Ich habe es gerade mal auf lächerliche eins dreiundfünfzig gebracht und bin brünett. Nicht förderlich, wenn man als Jüngste buchstäblich noch die Kleinste ist.

Ich greife langsam mein Handy vom Tisch und werfe einen kurzen Blick in den Kalender. Ich weiß genau, dass sie nicht nach meinen Verabredungen für diese Woche gefragt hat, aber im Moment habe ich genug vom Thema Zukunft.

„Wenn du es exakt wissen willst: Heute Abend gehe ich mit Amélie aus, morgen habe ich einen Termin zur

Pediküre und anschließend bin ich auf den roten Teppich bei den *Wong Awards* geladen. Und selbst?"

Ich lächele etwas gezwungen.

Kate lacht und Megan hebt eine Augenbraue. Granny rührt mit dem silbernen Löffel im Tee und stellt sich auf meine Seite. „Nimm dir ruhig etwas Zeit, Virginia. Du kannst noch vierzig Jahre arbeiten, wenn du unbedingt möchtest. Ist ja nicht so, als ob du es nötig hättest. Dein Vater hat genug Geld."

Meine Großmutter meint ja ohnehin, dass wir Frauen uns am besten einen tüchtigen und solventen Ehemann suchen sollten. In ihrer Generation und unseren Kreisen wurde man seinerzeit noch von den Eltern verheiratet. Leider ist keine von uns unter der Haube, was sie sehr bedauert. Ich sehe, wie Megan, die Älteste, sich auf ihrem Stuhl anspannt. Sie ahnt, was gleich kommt.

„Megan, Schätzchen, wie sieht es eigentlich aus bei dir? Triffst du jemanden?"

Bingo! Kate grinst breit und ich schnaufe durch, denn jetzt bin ich aus dem Schneider. Der einzige Vorteil, wenn man das Baby ist. Die kleine Virginia sollte gar keinen Freund haben, jedenfalls nicht, wenn es nach Daddy ginge. Der Arme hatte bisher an jedem was auszusetzen, den ich ihm ins Haus gebracht habe. Nicht, dass es viele gewesen wären …

„Das weißt du doch, Granny. Ich habe gar keine Zeit, Männer zu treffen", versucht Megan sich rauszureden.

Oma schnaubt leise auf und schüttelt den Kopf. „Es ist mir völlig unverständlich. Ihr seid ausnahmslos hübsch. Na ja, wenn Ashley sich nicht immer die Haare so schrecklich bunt färben würde. Aber grundsätzlich, meine ich. Wie ist es möglich, dass keine von euch eine passende Partie ins Haus bringt?"

„Granny, wir sind emanzipiert", versuche ich ihr zu erklären. „Es ist heutzutage okay, nicht Anfang zwanzig drei Kinder am Rockzipfel zu haben."

„Pah, also wirklich, so ein Quatsch. Die Uhr tickt bei euch allen. Bei der einen lauter, bei der anderen im Flüsterton. Am Ende schlagt ihr der Natur kein Schnippchen!" Sie legt den Löffel geräuschvoll beiseite und trinkt von ihrem Tee.

Megan schnappt nach Luft und schiebt sich eine Strähne ihres kastanienbraunen Bobs hinters Ohr. Sie ist mit zweiunddreißig nach Grannys Berechnungen schon überfällig, das wissen wir alle. Ich habe keine Ahnung, was Megan darüber denkt oder ob sie sich einen Partner an ihrer Seite wünscht. Obwohl uns nur sieben Jahre trennen, haben wir keine so enge Beziehung zueinander, dass wir Derartiges teilen würden. Sie ist mir am entferntesten von allen Schwestern. Es hat auch damit zu tun, dass sie eine völlig andere Einstellung zum Leben hat als ich. Sie ist immer pflichtbewusst und korrekt. Absolut fokussiert und karrierebezogen. Nicht allein deswegen ist sie neben meinem Vater die unangefochtene Nummer zwei im Prescott-Konzern.

Ich komme am besten mit Ashley und Tessa klar, die wie ich ihre Macken haben. Kate und Megan sind so fehlerfrei und perfekt, dass es einem manchmal regelrecht schlecht werden kann. Natürlich liebe ich sie alle, aber dann und wann ist es einfach kompliziert. Nicht nur wegen unserer Vergangenheit. Viele Kinder wachsen schließlich ohne eine Mutter auf, das ist keine Entschuldigung. Es liegt auch an unseren unterschiedlichen Zukunftsvorstellungen. Ich zum Beispiel habe keine Ahnung, was ich aus meinem Leben machen soll. Vor allem, wenn sich nicht bald ein Projekt auftut, mit dem ich meine Karriere als Schauspielerin ankurbeln kann. Vielleicht sollte ich doch was ganz anderes ausprobieren.

Im Hause Prescott ist alles irgendwie leistungsorientiert und gerade jetzt fühle ich mich wie eine komplette Versagerin, deren größtes Talent darin besteht, Daddys Geld auszugeben. Leider ist es ein Stück weit tatsächlich so und das ärgert mich, obwohl ich es vor meinen Schwestern nie zugeben würde. Wenn ich ein einziges Mal ganz ehrlich zu mir bin, dann wünsche ich mir eine Aufgabe, die mich mit Stolz erfüllt, bei der ich am Ende des Tages etwas vorzeigen kann, das ich geleistet habe. Bislang ist mir das nicht gelungen. Ja, gut, immerhin habe ich es geschafft, in der Regelstudienzeit meinen Abschluss zu machen, aber auch da schwamm ich immer im Mittelfeld. Ich war nie irgendwo die Beste und das ... wurmt mich. Keine Ahnung, warum es mich auf einmal so stört. Vielleicht ist es mein Alter, ich bin kein Kind mehr. Mit fünfundzwanzig kann man sich so langsam nicht länger damit herausreden, dass man noch nicht weiß, wo die Reise hingehen soll.

„War nett, mit euch zu plaudern", sage ich, weil ich absolut genug von dem Thema habe, und nehme mir ein Törtchen vom Servierbrett. „Leider muss ich jetzt los. Wir sehen uns!"

Hastig schiebe ich meinen Stuhl zurück, gebe Grandma einen Kuss auf ihre faltige Wange und atme einen Hauch ihres Lavendeldufts ein. Auf dem Weg durch den

Flur stoße ich beinahe mit Emma zusammen, die gerade ein Tablett balanciert.

„Hey, wo willst du denn so eilig hin?", fragt sie mich und rettet lachend die Gläser.

„Ich bin mit Amélie verabredet."

„Ah, schön. Ich wünsche dir viel Spaß."

Dass sie nicht tausend Fragen stellt, wie Granny oder Dad, liebe ich an ihr. Emma war unsere Nanny, so lange ich zurückdenken kann. Dass sie uns heute noch als Privatsekretärin Schrägstrich Haushälterin erhalten geblieben ist, ist für uns alle ein großes Glück. Ich kenne sie mein ganzes Leben und könnte mir den Alltag im Hause Prescott ohne sie nicht vorstellen. Sie ist für uns Schwestern damals wie heute ein Fels in der Brandung.

„Bis dann! Bye, Emma!", rufe ich ihr über die Schulter zu und verlasse die Villa meines Vaters, um mich mit meiner Freundin zu treffen.

Bei Amélie kann ich mich endlich ein bisschen entspannen. Kraftlos lasse ich mich in einen der beiden dunkelbraunen Sitzsäcke fallen. Ein Sofa gibt es in ihrer winzigen Wohnung nicht. Sie will finanziell auf ihren eigenen Beinen stehen und nimmt kein Geld von ihren Eltern an. Da sind wir grundsätzlich verschieden und manchmal beneide ich sie ein Stück für ihre Courage.

„Ich bin fix und fertig, Amélie. Meine Familie stresst mich", jammere ich und schließe erschöpft die Lider. Sie lacht und holt eine Flasche Sekt aus dem Kühlschrank. Da ihr Studioapartment nur aus einem Zimmer besteht, hat sie es nicht weit, ist nach wenigen Sekunden wieder neben mir und setzt sich auf den zweiten Sitzsack.

„Liebes, was ist eigentlich dein Problem?"

„Ach, du weißt schon. Alle gehen mir mit Fragen auf den Keks, was ich nun machen werde, nachdem ich L.A. hinter mir gelassen habe."

Der Korken ploppt und es schäumt aus der Pulle. Sie schnappt sich ein Glas und fängt den überlaufenden Sekt damit auf. „Ja, aber, so ganz unrecht haben sie nicht."

„Nein, nicht du auch noch!", stöhne ich genervt. „Ich weiß nicht, was ich tun soll!"

Amélie reicht mir ein Glas und sieht mich mit ihren hübschen braunen Augen eindringlich an. Sie ist Französin, lebt, seit sie fünf Jahre alt ist, in Shanghai. Wir haben uns in der Schule kennengelernt und sind seitdem beste Freundinnen, obwohl wir total unterschiedliche Charaktere sind. Möglicherweise gerade deswegen.

„Du jammerst wie immer auf äußerst hohem Niveau, Chérie. Ich muss für mein Einkommen arbeiten, du bist einfach zu verwöhnt. Dein Vater sollte dir mal den Geldhahn zudrehen. Santé!" Sie prostet mir schwungvoll zu und wir trinken einen Schluck. „Wollen wir uns jetzt fertig machen oder heulen?"

Für einen Moment beäuge ich sie irritiert, dann pruste ich los. „Okay, ist ja schon gut. Ich habe es verstanden. Lass uns ein andermal über meine berufliche Zukunft reden, ja? Vielleicht mache ich es wie du."

Amélie sieht mich ungläubig an, spart sich aber einen Kommentar. Ist unter Umständen besser so, ich weiß ja selbst, dass ich ein klitzekleines bisschen verhätschelt bin. An Materiellem hat es uns nie gefehlt.

„Ich muss dir noch etwas sagen …" Die Wangen meiner Freundin röten sich deutlich und ich habe bereits eine Vorahnung, was sie mir gleich mitteilen wird. „Ich werde für zwei Wochen verreisen."

Ich sehe sie fragend an. „Ja und?"

„Mit … Pierre."

„Nein! Ach komm. Die Diskussion hatten wir doch schon hundertmal, Amélie", poltere ich. Es regt mich einfach auf, wie eine so selbstständige Frau wie sie sich mit einem solchen Idioten abgeben kann.

„Aber er hat sich geändert. Ehrlich."

Amélie steht auf und beschreibt große Kreise mit ihren Armen. Das tut sie jedes Mal, wenn sie aufgeregt ist und mir etwas erklärt. Ich will es gar nicht hören. Mit Pierre ist es immer die gleiche Leier. Sie sind zusammen, alles läuft gut, dann geht er fremd und Amélie hat furchtbaren Liebeskummer. Dann beendet sie die Beziehung und schwupps, rennt er ihr wieder wie ein Welpe hinterher.

„Dazu muss ich echt nichts mehr äußern, oder?"

„Bitte, Virginia, er meint es ernst." Erst jetzt sehe ich den Klunker an ihrem linken Ringfinger und mir wird endgültig schlecht. Sie ist so intelligent und doch so dumm. Mit ihm wird sie sich ihr Leben versauen.

„Nein!", rufe ich panisch. „Sag mir bitte, dass das kein Verlobungsring ist!"

Sie sieht mich unglücklich an. „Ich dachte, du freust dich für mich."

„Liebes, ich würde mich für dich freuen, wenn Pierre nicht so ein Arschloch wäre. Bitte, er wird sich nie ändern. Nie! Ich fasse es nicht. Du bist so selbstständig, so emanzipiert, und dann … er?"

Ich fluche und wuchte mich auf die Beine. In Amélies Augen glänzen Tränen.

„Nein, nein, jetzt heul doch nicht."

Sie wedelt mit ihren Händen vor ihrem Gesicht und blinzelt im Sekundentakt. „Aber ich will mein Glück mit dir teilen. Pierre und ich fliegen nach Paris und suchen dort nach einer passenden Location."

„Ihr wollt in *Frankreich* heiraten?"

„Ja, wir wollen vielleicht aus Shanghai wegziehen, sobald wir eine Familie gründen."

„Ach du Schande. Das wird ja immer schlimmer. Das muss ich wahrlich erst mal verdauen. Du hängst doch an deinem Leben hier!" Ich nehme die Sektflasche und gieße mir nach.

„Ich liebe Pierre *mehr*. Wirst du meine Trauzeugin sein?", fragt sie mich auch noch und nun stecke ich in einem elenden Dilemma.

„Ach Amélie. Ich würde nichts lieber sein als das, aber wie kann ich dich unterstützen, wenn du sehenden Auges in dein Unglück rennst?"

„Na du musst es ja wissen. Nicht wahr? Du bist ja der Beziehungsexperte."

Autsch. Das hat gesessen. Ja, es ist wirklich eine Tatsache. Meine längste Beziehung hat gerade mal drei Monate gehalten. Bisher war nicht der Richtige dabei. Ich langweile mich einfach sehr schnell.

„Hey, komm mal her", bitte ich sie und ziehe sie fest in meine Arme. „Ich hab dich doch lieb. Ich will dich nur beschützen."

„Ich kann auf mich selbst aufpassen", sagt sie so trotzig wie ein Kleinkind. Leider hat sie da absolut unrecht. Jedes einzelne Mal habe ich die Scherben ihres Herzens wieder aufgesammelt, nachdem Pierre es zerbrochen hat.

Ich bin mir nicht sicher, wie oft es sich noch kleben lässt. Aber es bringt nichts, jetzt darauf herumzureiten. Deswegen belasse ich es vorerst dabei.

„Gut, Amélie. Sprechen wir nach eurer Reise über die Trauzeugengeschichte, okay? Sollen wir jetzt nicht ein bisschen Spaß haben?"

Sie drückt mich an sich und eigentlich bin ich diejenige, die sich an sie kuschelt, schließlich ist Amélie ein ganzes Stück größer als ich. „Na gut, Kleine. Dann machen wir uns mal hübsch."

2

ICH TRAGE EINEN HAUCH VON NICHTS. Ich fühle mich verrucht und sexy. Mein Kleid ist schwarz, knöchellang und hat einen sündhaft tiefen Ausschnitt. Die Maske ist goldbraun mit dunklen, glänzenden Applikationen und ergänzt sich perfekt mit meinem kastanienbraunen Haar. Das Wichtigste allerdings: Sie verleiht mir den nötigen Schutz davor, erkannt zu werden. Es ist seltsam, aber ich bin heute so frei wie selten zuvor. Amélie trägt ein rotes Seidenkleid, das sich sanft an ihre zarten Kurven schmiegt. Da wir die gleiche Haarfarbe haben, könnten wir glatt als Schwestern durchgehen.

Gemeinsam betreten wir den riesigen Ballsaal und sehen uns einen Moment staunend um.

„Das ist ja der Wahnsinn", flüstert Amélie beeindruckt, dreht sich einmal im Kreis und sieht nach oben zu den zahlreichen Lichtern.

„Nicht übel, oder? Ich sagte doch, das wird die Party des Jahres. Komm mit!" Ich ziehe sie an der Hand durch den Saal, vorbei an den unzähligen Menschen. Ich kenne natürlich einige der Gäste, bin mir bei manchen aber nicht sicher, ob sie es tatsächlich sind. Es ist ein tolles Gefühl, unerkannt zu bleiben, und ich will auch mit niemandem reden außer mit Amélie. Wir wollen nur etwas Spaß haben, ehe sie für zwei Wochen verreist.

Für meine Verhältnisse habe ich schon einen ordentlichen Schwips, aber ein Glas Champagner geht noch. Wir bahnen uns den Weg zur Bar und beobachten die Szenerie einen Augenblick aus der Distanz, bevor wir uns erneut ins Getümmel stürzen.

Dann wagen wir uns auf die Tanzfläche und wenig später geben wir alles. Über uns hängen dutzende Kronleuchter, was meine Orientierung beeinträchtigt. Mir wird schwindelig und ich taumele. Vielleicht war der letzte Schampus einer zu viel.

„Alles okay?", fragt mich meine Freundin besorgt.

„Nur ein wenig zu heiß. Ich gehe mal frische Luft schnappen." Ich wedele mit beiden Händen vor meinem erhitzten Gesicht.

„Soll ich dich begleiten?"

„Nein, nicht nötig, Süße. Bin gleich wieder da. Verssprochen."

Ich will nicht, dass sie wegen mir eine Pause einlegen muss. Außerdem bin ich in der Lage, auf mich selbst aufzupassen.

„Alles klar, dann genieße ich es noch ein bisschen, hier zu tanzen." Ehe ich etwas erwidern kann, hat sie mir einen Luftkuss zugeworfen und sich umgedreht.

Meine Verbündete liebt es, eine flotte Sohle auf das Parkett zu legen. Ich erinnere mich nicht, wie viele Nächte wir zusammen durchgetanzt haben. Obwohl sie in Shanghai geblieben ist, während ich in den Staaten studiert habe, hat unsere Freundschaft nicht darunter gelitten. Eher im Gegenteil. Wir wissen, was wir aneinander haben, und müssen uns nicht jede Woche sehen, um weiterhin gut befreundet zu sein.

Ich bahne mir den Weg durch die Menschenmenge. Die Hitze im Saal ist nun beinahe unerträglich. Endlich habe ich es auf die großzügige Dachterrasse geschafft, die einen herrlichen Blick über den Fluss Huangpu hinweg auf den Bund, dem Vergnügungsviertel Shanghais, bietet. Hier und da stehen einige Gäste, die wie ich frische Luft schnappen wollen. Die Mainacht ist lau und hier oben weht ein angenehm kühler Wind. Ich gehe ein Stück und hinter ein paar Palmen finde ich sogar ein ungestörtes Plätzchen am Geländer.

„Verdammt!", fluche ich, als ich feststelle, dass sich mein Absatz in einer Ritze zwischen den Holzdielen der Terrasse verhakt hat und ich, beziehungsweise mein Schuh, nun festhänge.

„Entschuldigung, kann ich behilflich sein?", höre ich eine männliche Stimme hinter mir und zucke zusammen. Sein süßer australischer Akzent ist das Erste, was mir auffällt, noch bevor ich mich ihm zuwende.

„Jesus! Sie haben mich erschreckt." Ich lache und presse meine Hand aufs Dekolleté.

So weit wie möglich drehe ich mich in seine Richtung, um einen Blick auf meinen potenziellen Retter zu erhaschen. Er ist groß, ich schätze ihn auf mindestens eins fünfundachtzig. Ich muss ein ganzes Stück zu ihm aufsehen. Die schwarze Maske verdeckt den größten Teil seines Gesichts, hervorstechend sind seine strahlend blauen Augen, die meinen Puls in die Höhe treiben. Breite Schultern, ein gut sitzender Smoking, schmale Hüften, ein sinnlicher Mund …

„Darf ich?", fragt er mich und geht vor mir in die Hocke. Mein ohnehin schon rasendes Herz schlägt noch schneller, als ich spüre, wie sich seine kraftvollen Hände um meine Fessel legen. Ich trage keine Strumpfhose, seine Finger ruhen auf meiner nackten Haut. Obwohl er mich nur sanft anfasst, springen elektrisierende Impulse auf mich über, bis er den Schuh mit einem Ruck – mit meinem Fuß darin – aus dem Spalt zieht.

„Voilà." Er lässt meinen Fuß los und richtet sich auf.

Sein Blick ist hypnotisierend, ich kann mich nicht von ihm abwenden. Ich will es auch gar nicht.

„Vielen Dank. Danke für die Rettung." Meine Stimme ist nur ein Hauch und klingt, als stände ich kurz vor einer Ohnmacht. Vielleicht bin ich das sogar.

„Was macht eine Frau wie Sie alleine hier draußen? Sie sind doch nicht etwa vor Ihrem Prinzen geflüchtet?" Mein Gegenüber grinst und eine Reihe gerader weißer Zähne kommt zum Vorschein. Ich könnte ihm stundenlang zuhören, ich liebe seinen australischen Akzent.

„Nein. Kein Prinz. Ich wollte nur frische Luft schnappen. Und Sie? Flucht vor der Prinzessin?" Zum Glück habe ich meine Schlagfertigkeit wiedergefunden.

„Ich habe das Gefühl, meine Prinzessin steht ganz dicht vor mir."

Mir wird heiß und ich vergesse zu atmen. Es ist nicht nur das, was er sagt, sondern das *Wie*. Ich bin es gewohnt, umgarnt zu werden, hässlich bin ich ja nicht. Hinlänglich bekannt als gute Partie. Er hat irgendwas an sich, das meinen Körper in Schwingungen versetzt. Und das liegt nur zu einem kleinen Teil an meinem Schwips.

Wenn ich ehrlich bin, fühle ich mich in dieser Sekunde völlig klar, alle meine Sinne sind zum Zerreißen gespannt. Die Maskerade bietet mir die Anonymität, endlich mal etwas Dummes zu tun. Ich überlege, ob das nicht der perfekte Moment dafür wäre.

„Ach wirklich? Wie kommen Sie auf diesen Gedanken? Ein Krönchen trage ich nicht." So einfach will ich es ihm doch nicht machen, außerdem bereitet mir das Flirten mit ihm Vergnügen. Ich habe es nicht eilig, wieder in den stickigen Ballsaal zurückzukehren. Es ist schön hier draußen.

Er tritt einen Schritt auf mich zu. „Ich habe Sie eben aus einer schrecklichen Lage gerettet, habe ich mir damit nicht eine Belohnung verdient?" Er streicht mir eine Strähne aus dem Gesicht und seine Finger bleiben an meiner erhitzten Wange liegen. Ich schmiege mich an seine warme Haut und sehe unter halb geschlossenen Lidern zu ihm auf.

„Meine Schulden begleiche ich immer sofort ..." Ich lege eine Hand in seinen Nacken, ziehe ihn zu mir und küsse ihn. Meine Lippen streichen sanft über seinen sinnlichen Mund. Vorsichtig liebkose ich ihn und schmecke seinen süßen Atem. Es fühlt sich himmlisch an und ich werde mutiger. Ich knabbere an seiner Unterlippe und spüre, wie er seine Hände um meine Taille legt. Kraftvoll und heiß drücken sie sich durch den dünnen Seidenstoff meines Kleides. Unsere Zungen treffen sich und lernen vorsichtig einander kennen. Zart neckend erforschen wir einander, bis der Kuss leidenschaftlicher und weniger verspielt wird. Schon jetzt stehe ich vollkommen in Flammen, kann kaum mehr klar denken. Ich will nur, dass es niemals endet. Es ist, als wären seine Lippen für mich gemacht. Zwischen uns passt kein Blatt mehr, meine Brüste pressen sich an seinen Oberkörper und ich wünschte, es gäbe nicht all diesen störenden Stoff auf unserer Haut. Aus dem Funken der Lust ist in kürzester Zeit ein Inferno erwachsen, das mich mit seiner Intensität beinahe überwältigt. Dabei knutschen wir nur. Ich wage nicht, mich zu fragen, was passieren würde, wenn wir hier nicht auf einer Dachterrasse, sondern allein wären ...

Es vibriert unter meinen Fingern. Es dauert einen kurzen Augenblick, bis ich begreife, dass es mein Handy in der Clutch ist.

Atemlos löse ich mich von ihm. Meine Güte. Was mache ich hier eigentlich? Ich weiß nicht mal, wie der Mann heißt, mit dem ich eben den sinnlichsten Kuss meines Lebens ausgetauscht habe.

Er scheint nicht minder mitgenommen zu sein. Er fährt sich durchs Haar und sieht mich mit seinen unglaublich intensiven blauen Augen an, die mich an das Farbenspiel in der Karibik erinnern.

„Sehen wir uns wieder, Prinzessin?"

Einen Atemzug lang überlege ich. Mein Mund ist schneller als mein Verstand. Aus meiner Tasche greife ich einen Stift und notiere meine Telefonnummer auf der Eintrittskarte, bevor ich sie ihm reiche.

„Ich bin Amélie." Ich hauche ihm einen letzten Kuss auf die Wange und stöckele davon.

Ich bin immer noch etwas benommen, als ich Amélie auf der Tanzfläche schließlich wiederfinde, die sich im Takt zur Musik wiegt.

„Lass uns was trinken gehen", schlage ich ihr vor und sie nickt einverstanden.

Kurze Zeit später halten wir uns an einem weiteren Glas Champagner fest. Amélie hat vorsichtshalber zusätzlich ein Wasser neben sich stehen. Sie meinte, wenn sie den Champagner gegen den Durst hinunterstürzen würde, müsste ich sie bald nach Hause tragen. Das wollen wir beide vermeiden.

„Oh", mache ich. „Was ist denn jetzt los?"

Die Partymusik ist verstummt und sanfte Walzerklänge tönen aus den Lautsprechern.

„Wow, da ist ja romantisch", seufzt Amélie. „So habe ich mir einen Maskenball immer vorgestellt. Fehlt nur noch der Fremde, der einen zum Tanz auffordert …"

Sie hat recht. Ich denke da natürlich an einen ganz bestimmten Kandidaten und sehe mich in der Menge um. Gerade als ich etwas zu meiner Freundin sagen will, tippt mir jemand auf die Schulter.

„Darf ich bitten?", höre ich eine angenehme dunkle Stimme mit australischem Akzent.

Aus dem Augenwinkel bekomme ich mit, wie überrascht Amélie dreinschaut. Mein Mund verzieht sich zu einem breiten Lächeln. „Sehr gerne", gebe ich zurück, lege meine Hand sanft in seine, während er mich zur Tanzfläche dirigiert.

Ich bin höllisch nervös, was sehr untypisch für mich ist. Ehe ich mich versehe, liege ich in seinen Armen und gestatte ihm, mich gekonnt zu führen. Zum Reden bleibt nicht viel Zeit, denn der Dreivierteltakt des schnellen Walzers erfordert meine ganze Konzentration. Es ist unbeschreiblich aufregend, mit einem Unbekannten zu tanzen, den ich zwar bereits geküsst habe, von dem ich aber sonst rein gar nichts weiß. Er riecht so gut und sein Körper ist durchtrainiert und kraftvoll. Die Klänge der Musik, das Kreisen auf dem Parkett, all das versetzt mich in einen rauschartigen Zustand. Ich schließe meine Lider und stelle mir vor, dass ich mit der Liebe meines Lebens tanze und wir wie im Märchen bis ans Ende unserer Tage zusammenbleiben. Ja, ich habe wohl eine romantische Ader, die genau bei solchen Veranstaltungen Futter bekommt. Ich lasse mich von ihm drehen und umherschwingen, fühle mich geborgen und sicher bei ihm. Wir wechseln kein Wort, es ist beinahe magisch. Wir bewegen uns absolut synchron, als hätten wir jahrelang dafür geübt.

Als ich schließlich meine Augen wieder öffne, erhasche ich einen Blick auf Amélie. Sie liegt wie ich in der Umarmung eines Fremden. Wenn sogar die treuste Seele der Erde sich zu einem Walzer mit einem Unbekannten hinreißen lässt, dann kann es nicht nur an mir liegen. Es ist die ganze Atmosphäre im Saal. Die Maskerade ist das Mittel, das die Menschen brauchen, um einmal nicht sie selbst sein zu müssen. Inkognito zu flirten, ist definitiv anders. Es ist wahnsinnig aufregend. Ich wünschte, es würde niemals enden. Bedauerlicherweise ist es irgendwann vorbei und die Band spielt peppigere Musik, zu der man nicht mit einem Partner tanzt. Leider.

„Ich bedanke mich für den Tanz, Prinzessin", flüstert er mir mit heißem Atem ins Ohr und gibt mir einen zarten Kuss auf die Wange.

„Ich danke, mein Herr", lache ich. „Aschenputtel muss jetzt gehen", füge ich hinzu und verschwinde von der Tanzfläche. Ich würde lügen, wenn ich sagen würde, dass ich nicht auf einen Anruf von ihm hoffe.

„Du hast *was* getan?", wiederholt meine Freundin zum dritten Mal, als wir wieder bei ihr zu Hause sind, und kann es trotzdem nicht glauben.

„Sorry, es überkam mich einfach!" Ich zucke verlegen mit den Schultern.

„Du spinnst! Und jetzt?"

Ich habe keine Ahnung. Ich weiß nur, dass ich mich von seinem Kuss und dem Walzer beflügelt fühle.

„Bitte, Liebes! Du musst mir helfen. Vielleicht ruft er ja gar nicht an."

Amélie rauft sich die Haare, dann lässt sie sich undamenhaft in den Sitzsack plumpsen.

„Du wirst dir noch das ganze Kleid zerknittern", warne ich sie. In diesem Moment piept Amélies Handy und wir sehen uns gespannt an. Sie runzelt die Stirn und entsperrt den Bildschirm.

„Deine Sorgen möchte ich haben. Was willst du jetzt machen? Da ist er ja schon, dein Prinz!"

Ich kicke die Pumps von den Füßen, hole uns zwei Gläser Wasser und setze mich neben sie. „Und? Was schreibt er?"

Sie beäugt mich mit hochgezogener Augenbraue und reicht mir ihr Smartphone. „Soll das jetzt so weitergehen? Ihr kommuniziert über mich? Ich fliege morgen in den Urlaub, schon vergessen?"

„Liebes, bitte. Ich will nur ein einziges Mal nicht Virginia Prescott sein. Ich hasse mein Leben."

„Und was soll das heißen?", hakt sie nach und ich lese die Nachricht.

Liebe Amélie, nun bist du doch wie im Märchen vor mir davongelaufen. Ich würde dich gerne wiedersehen. Morgen? Zwanzig Uhr? Darf ich dich abholen? Liam

„Liam heißt er also", stelle ich verzückt fest und finde, dass der Name wunderbar zu ihm passt.

„Erde an Virginia! Was hast du jetzt vor? Ich kann doch nicht deinen Messenger spielen! Und wieso zur Hölle hast du das überhaupt gemacht?"

„Ich weiß auch nicht, es war der Moment, der Maskenball. Ich gehe vielleicht einmal mit ihm aus und das war es dann."

„Und jetzt willst du mein Handy, oder wie?"

„Genau."

Amélie seufzt und lehnt sich zurück. „Du machst mich wahnsinnig. Wie soll ich das denn Pierre erklären?"

Ich schnaube leise. Allein der Name dieses Kerls genügt, dass ich mich aufrege.

„Dem musst du gar nichts davon erzählen. Ich besorge dir morgen ein neues. Einverstanden?"

„Ja, klar, mit Geld kann man alles richten, nicht wahr?" Sie verschränkt die Arme vor der Brust und sieht mich missbilligend an.

„Bitte, Amélie!" Ich setze einen hoffentlich flehenden Blick auf, um ihr Herz zu erweichen.

Sie lässt die Arme sinken und schüttelt den Kopf. „Mann!" Danach stößt sie ein paar derbe Flüche auf Französisch aus. „Und meine Wohnung soll ich dir auch gleich noch überlassen?"

„Hey! Das ist ja eine formidable Idee! Ja, super!", schreie ich, springe auf und küsse sie. „Du bist die beste Freundin der Welt."

„Jaja", brummt sie. „Ich weiß gar nicht, warum ich das mitmache. Das kann ja nur böse enden."

„So ein Quatsch. Ich gehe nur einmal mit dem Knaben aus. Wahrscheinlich sieht er ohne Maske sowieso scheußlich aus …"

Amélie prustet los. „Ja, ist klar. Aber sag nicht, ich hätte dich nicht gewarnt. Lügen haben kurze Beine."

„Wo hast du denn den Spruch ausgegraben? Sei nicht albern. Du kennst mich doch, Amélie. Mein Interesse hält nie lange an."

„Da hast du auch wieder recht. Also dann schreib ihm, dass er dir erst mal ein Foto schicken soll. Du willst ja nicht die Katze im Sack kaufen."

„Wow, wirklich? Das ist ganz schön frech. Das würde Amélie nie so formulieren." Ich muss lachen, weil ich ernsthaft überlegen muss, wie meine Freundin so eine Nachricht beantworten würde. Sie ist immer so vernünftig. „Vielleicht so: *Wie kann ich mir sicher sein, dass du der Richtige bist? Oder trägst du immer eine Maske?*"

Sie nickt. „Schön zweideutig, so von wegen *der Richtige* und so, hm?"

„Ah. So war das ja nun nicht gemeint", stöhne ich und verziehe den Mund.

Ich tippe einfach Amélies Adresse in die Mitteilung und setze einen Masken-Emoji dahinter. Soll er sich seinen Teil denken. Zufrieden drücke ich auf Senden.

„Womöglich kommt er gar nicht", murmele ich. Der Gedanke ist seltsam niederschmetternd. Bis zum heutigen Tag bin ich noch nie versetzt worden.

„Quatsch, natürlich kommt er. Jetzt bin ich ja gespannt. Erzähl mir mehr über ihn."

„Ich habe absolut keine Ahnung. Dem Akzent nach scheint er Australier zu sein und er heißt Liam. Und er küsst so gut …"

„O mein Gott. Wie romantisch", schwärmt sie und wirft ihre Hände in die Luft.

„Amélie, das hier wird sicher nicht die nächste große Liebesgeschichte à la *Casablanca*. Ich treffe den Kerl ein einziges Mal und dann nie wieder. Du weißt doch, wie ich bin."

Sie seufzt. „Stimmt. Na gut, ich muss in die Heia. Morgen wird ein langer Tag für mich, Süße. Wie machen wir das mit dem Schlüssel?"

„Kann ich bei dir schlafen? Ich meine, wo ich jetzt quasi bei dir wohne?"

Sie lacht und steht auf. „Klar, komm mal mit. Wenn dir mein Eins-vierzig-Bett komfortabel genug ist?"

„Hey, jetzt werd nicht gemein. So versnobt bin ich ja wohl nicht."

„Ja, schon gut. Du kennst dich ja aus. Hast du was dabei? Zahnbürste, Klamotten?"

„Äh, nein."

„Na gut. Wir werden was für dich finden." Sie geht zum Schrank, kramt darin und wirft mir eine Pyjamahose und ein weißes T-Shirt zu. „Eine Zahnbürste habe ich sicher auch noch."

Ich tippe eine Nachricht an Dad, dass ich bei Amélie übernachte. Er ist so überfürsorglich. Wenn ich zu Hause bin, muss er ständig wissen, wo ich stecke. Der Mann ist sonst imstande und schickt einen Suchtrupp nach mir los. Ich sagte es ja bereits: Nesthäkchen.

3

„Was gibt es eigentlich Neues bei dir?", erkundigt sich mein Dad, während ich eine Gabel Rührei in meinen Mund schiebe.

„Neues?" Ich weiß natürlich, worauf er hinauswill. Leider gibt es keine Neuigkeiten zu meiner Karriere. Es ist frustrierend.

„Du weißt schon. Hast du dir überlegt, wie es weitergehen soll? Das mit der Schauspielschule ist ja eine Sache. Das hast du nun hinter dir. Wäre es nicht an der Zeit, was Vernünftiges zu machen?"

Mitten in der Kaubewegung halte ich schockiert inne. Es ist das erste Mal, dass er mir so ins Gesicht sagt, was er von meiner Ausbildung als Schauspielerin denkt. Mir war klar, dass er nicht komplett hinter meiner Entscheidung stand, mich beruflich in diese Richtung zu entwickeln. Aber, dass er die Schauspielerei als brotlose Kunst abtut, ist fies.

„Und was wäre deiner Meinung nach angezeigt?", entgegne ich bockig. Warum hat er es denn überhaupt bezahlt, wenn er meint, dass es keinen Sinn hat?

„Hast du mal daran gedacht, einen Job – sagen wir mal ganz allgemein – in der freien Wirtschaft anzunehmen? Vielleicht wäre ja eine repräsentative Aufgabe in einem Unternehmen was für dich. Liebes, ich will nur, dass du glücklich bist", fährt er milder fort.

„Dann ist es doch egal, was ich mache, oder?", gebe ich immer noch leicht eingeschnappt zurück.

„Ganz so würde ich das nun auch nicht sagen. Sobald du verheiratet bist und Kinder hast, hat sich das mit dem Job sowieso erledigt."

Ich schnappe nach Luft. Granny und er haben manchmal echt antiquierte Vorstellungen.

„Wenn du meinst." Auf diese Diskussion habe ich nun wirklich keine Lust. Mein Dad müsste langsam gemerkt haben, dass es so bei seinen Töchtern nicht laufen wird. Warum sonst sollte keine einzige von fünf, wie sie so schön sagen, „unter der Haube sein"?

Ich nehme mir demonstrativ den Kulturteil seiner Tageszeitung und vergrabe mein Gesicht dahinter. Da fällt mir ein, dass ich ihm ja noch gar nicht erzählt habe, dass ich in den kommenden Tagen nicht zu Hause sein werde, obwohl ich nur deswegen schon so früh heimgekommen bin, damit ich ihn persönlich erwische. Nach dem Gespräch über meine Zukunft erscheint mir die Aussicht, für kurze Zeit in eine fremde Identität zu schlüpfen, gleich ein wenig verlockender.

„Dad, ich werde die kommenden paar Tage vermutlich mit Amélie verbringen."

Er lässt die China Daily sinken und sieht mich skeptisch über den Zeitungsrand hinweg an. „Wirklich? Du bist doch gerade erst in Shanghai angekommen! Bei uns ist genug Platz. Will sie nicht einfach zu uns kommen, wenn ihr euch sowieso nicht trennen könnt? Man meint, ihr wärt noch siebzehn."

Ich wusste, dass er das vorschlagen würde. „Na gut, ich frage sie mal. Ich bin mit ihr verabredet, also muss ich jetzt los."

„Schon? Hattest du nicht bei ihr übernachtet?"

„Ja, ich wollte dich treffen, deswegen bin ich hier."

Er presst die schmalen Lippen aufeinander und schaut mich unzufrieden an, sagt aber nichts weiter. Ich springe auf und gebe ihm einen Kuss auf die glattrasierte Wange. „Hab dich lieb, Dad." Anschließend schnappe ich mir ein warmes Croissant aus dem Brötchenkorb und flitze hinauf in mein Zimmer, um ein paar Klamotten in einen kleinen Koffer zu werfen. Ich habe keine Ahnung, wie lange ich in Amélies Existenz abtauchen werde, denn die Idee gefällt mir immer besser. Wenn ich ehrlich bin, beneide ich sie ein bisschen. Sie meistert ihr Leben selbst, steht mit beiden Beinen im Hier und Jetzt und ist neuerdings auch noch verlobt. Gut, auf den untreuen Auserwählten kann ich gut und gern verzichten, alles andere … Ich wünschte, ich wäre so lebenstüchtig wie sie. Das Einzige, was ich gut kann, ist, Daddys Geld auszugeben und mein Dasein zu verplempern. Gott, das klingt wirklich schlimm.

Ist es auch.

Vielleicht helfen mir die nächsten Tage ja, um mir darüber klarzuwerden, was ich mit meiner Zukunft anfangen will. Der Vorschlag meines Vaters taucht immer wieder blinkend in meinen Gedanken auf. Soll ich die Schauspielerei einfach an den Nagel hängen? In welchem Bereich könnte ich denn sonst arbeiten? So genau kenne ich meine Stärken gar nicht. Meist werde ich immer nur auf das hingewiesen, was ich nicht so gut kann.

Wenig später steige ich aus der Limousine meines Vaters. Er hat natürlich darauf bestanden, mich zu Amélie zu bringen, bevor er selbst in sein Büro nach Pudong fährt. Sein Fahrer reicht mir meinen Koffer und ich ziehe von dannen. Ich kann es nicht leugnen, ich freue mich auf heute Abend. Und dann schaue ich mal weiter, was ich als Amélie so anstelle. Das neue Handy für meine beste Freundin habe ich per Boten liefern lassen, jetzt müssen wir nur noch die Daten synchronisieren, dann ist ihr Smartphone endgültig meins. Total bescheuert eigentlich, nur wegen eines Typen, aber ich habe manchmal einfach durchgeknallte Ideen. Ich kann die tadelnde Stimme meiner ältesten Schwester Megan beinahe hören, wie sie sagt: „Weil du sonst nichts Vernünftiges zu tun hast!" Und möglicherweise hat sie recht. Aktuell ist es mir herzlich egal.

„Ihr könnt mich alle mal", murmele ich und gebe dem Pförtner Bescheid, dass ich da bin. Er sieht auf seine Liste und nickt und ich mache mich auf den Weg zu ihrer Wohnung.

Das Gebäude, in dem Amélie lebt, ist wirklich nichts Besonderes. Der Teppich im Flur ist ausgetreten, die Wände sind gelblich gestrichen, über mir ist eine Neonröhre defekt und flackert.

„Hey, da bist du ja schon!", begrüßt sie mich, nachdem ich geklingelt habe. „Komm rein!"

Amélie gibt mir zwei Küsschen und nimmt mir den Koffer ab. „Willkommen in deinem neuen Reich."

„Danke, Liebes." Ich schließe die Tür leise hinter mir und sehe mich noch einmal in Amélies Heim um. Obwohl es winzig klein ist, finde ich es bei ihr urgemütlich.

Glücklicherweise liegt hier dunkelbraunes Parkett und kein verstaubter alter Läufer. Das Badezimmer ist frisch renoviert, aber die Küchenzeile ist fürchterlich … Na ja, ich kann sowieso nicht kochen, also ist es egal.

„Hier ist der Schlüssel", ergänzt sie und drückt ihn mir in die Hand.

„Wie? Willst du etwa schon los? Ich dachte, wir lunchen zusammen?"

Sie sieht mich mit ihren hübschen rehbraunen Augen an. „Hm. Wenn wir was bestellen? Ich habe nicht ganz fertig gepackt."

Eigentlich wollte ich mit ihr auf die Nanjing Road, ein bisschen shoppen, vielleicht ein nettes Outfit für heute Abend, und dann …

„Hm, na gut. Wenn es du es so eilig hast …", sage ich langgezogen und zücke mein Smartphone, um einen Lieferservice zu suchen.

„Zieh nicht so eine Schnute, du verwöhnte Göre. Lass mich das machen. Worauf hast du Lust?"

Ich schlucke meine Antwort zu ihrer halb ernst gemeinten Beleidigung runter und stecke mein Handy wieder weg. „Bratnudeln oder was in der Richtung."

„Gut. Hey, wir müssen gleich noch die Daten abgleichen, mein Adressbuch hier ist komplett leer …"

Ich haue mir gegen die Stirn. „Ja, Mensch. Gut, dass du es sagst."

Amélie tippt auf ihrem Telefon, holt anschließend ihr Notebook und sieht mich fragend an.

„Was?" Ich zucke mit den Schultern.

Sie streckt mir erwartungsvoll ihre Hand vor die Nase. „Das Handy bitte."

„Ach ja. Stimmt ja."

„Wo bist du mit deinen Gedanken? Schon bei dem heißen Australier?"

„Du wieder. Nein."

„Als Amélie kannst du dir eine echte Louis-Vuitton-Tasche übrigens nicht leisten. Also wenn du heute Abend authentisch sein willst, dann nimm dir eine von meinen Fake-Teilen aus dem Schrank."

„O mein Gott. Muss ich? Die sind ja nicht mal aus Leder, oder?" Ich sehe sie mit geneigtem Kopf an und verziehe meinen Mund.

Amélie lacht und fängt mit der Datenübertragung an. „Chérie, du wirst keine zwei Stunden in meinen Schuhen klarkommen. Ich meine nicht deine Treter im buchstäblichen Sinne. Auch wenn du die Wahrheit nicht verträgst, aber, Virginia, du bist im Luxus geboren, aufgewachsen und wirst ihn immer brauchen. Mach dir nichts daraus, es ist okay, ihr seid reich."

„Deine Eltern etwa nicht?"

„Doch, nur ich will mein Leben anders führen. Und Pierre ebenso."

„Amen. Er ist selbst nicht arm wie eine Kirchenmaus."

„Das nicht, aber er hat sich alles selbst erarbeitet."

„Ja, ist ja schon gut. Du meinst, ich schaffe es nicht alleine? Na vielen Dank."

„So war es nicht gemeint. Ich wollte damit sagen: Versuch nicht, deine Persönlichkeit zu ändern. Das heißt nicht, dass du dir nicht mal endlich einen Job suchen sollst! Genieße nachher erst mal deine Verabredung."

Ich atme hörbar ein. „Das Date, ja. Vielleicht hätte ich nicht zusagen sollen."

In meinem Bauch kribbelt es, wenn ich an Liam denke. Ich bin so gespannt, wie er wirklich aussieht. Also sein Gesicht, meine ich. Dass er gut gebaut ist, ist mir natürlich längst aufgefallen.

„Du Grinsekatze", lacht Amélie laut und stupst mich sanft mit dem Ellenbogen in die Seite. „Verknall dich bloß nicht in den!"

„Hä? Wieso das denn? Du kennst ihn ja gar nicht. Nicht, dass da Gefahr bestünde ..."

„Er ist garantiert der totale Womanizer. Ich meine, so wie du es mir erzählt hast, hat er dich erst mal geküsst und *dann* nach deinem Namen gefragt. So was macht doch kein Kerl, der eine Frau fürs Leben sucht ..."

Das ist ein valider Punkt. Das passt mir ausgezeichnet. Allerdings habe ich ihn zuerst abgeknutscht ...

„Da hast du ganz recht, Schätzchen. Ich suche glücklicherweise auch nicht den Mann fürs Leben. Im Gegenteil. Ich will endlich mal ein bisschen Spaß haben. Vielleicht biete ich ihm eine zwanglose Affäre an. Das hätte doch mal was!"

Meine Freundin sieht vom Computer auf und verdreht die Augen. „Ja, Chérie. Gute Idee. Mach das." Dann vertieft sie sich wieder in den Bildschirm.

Ich spiele mit einer Haarsträhne und gehe in ihrer Wohnung auf und ab, bevor ich antworte: „Unter Umständen mache ich das tatsächlich. Ich hätte große Lust, einfach mal die Sau rauszulassen. Und das Coolste ist, er kennt nicht mal meinen Namen."

Sie blickt mich über den Bildschirmrand mit zusammengekniffenen Augen an. „Aber meinen, Chérie, also zerstör bitte nicht meinen kompletten Ruf. Und überhaupt, sag ihm bloß nicht meinen Nachnamen. Wenn Pierre davon erfährt …"

„Ach, hör mir auf mit dem", unterbreche ich sie. „Der hätte es verdient, dass du ihn endlich auch mal betrügst."

„Virginia!" Ihre Stimme klingt schrill. „Jetzt ist es aber wirklich mal genug!"

Ich hebe abwehrend die Hände. „Okay, okay. Ist ja schon gut."

Es ist kurz vor acht und ich bin nervös. Was, wenn er nicht auftaucht? Ich habe ihm gestern noch die Adresse geschickt und außer einem „Okay, ich freue mich" nichts mehr von ihm gehört. Zum wiederholten Mal stehe ich vor dem Spiegel und überprüfe mein Aussehen. Ich trage nur eine einfache Jeans und eine cremefarbene Seidenbluse. Das Make-up habe ich dezent gehalten, lediglich meine Augen sind betont, die Wangen rosig. Sieht total natürlich aus. Damit bin ich zufrieden. Nicht aber damit, dass ich so unruhig bin, als hätte ich drei Espresso-Martini getrunken.

„Meine Güte", fluche ich leise. „Kommt der Kerl nun endlich oder nicht?"

Genervt lasse ich mich auf einen Sitzsack plumpsen und zücke Amélies Smartphone. Nichts. Nada. Niente. Nicht mal jemand von ihren Kontakten will was von ihr. Vielleicht ist es kaputt.

Scheiße.

Möglicherweise hat er das Date abgesagt und ich habe es nicht mitbekommen.

Hektisch springe ich auf, schalte es aus und an.

Nach gefühlten zehn Minuten ist es wieder betriebsbereit, aber nichts passiert. Keine Nachrichten treffen ein.

„Was ist nur los mit dir, Virginia, äh, Amélie?!", plappere ich vor mich hin.

Jetzt bleibt nur eins.

Ich rufe mich einfach selbst an. Kurzerhand hole ich mein eigenes Handy und wähle Amélies alte, mittlerweile meine Nummer.

Es klingelt. Es klingelt, verdammt.

Okay. Also das Telefon funktioniert. Immerhin. Er hat sich bloß nicht gemeldet.

Was zur Hölle soll das heißen?

Erst knutscht er mich auf der Dachterrasse wild ab, tanzt mit mir, lädt mich zu einem Date ein und dann kommt er nicht?

So was aber auch. Ist mir bislang nicht passiert.

Ist es das, was man als normale Frau heutzutage mitmachen muss? Nein, das kann ja wohl nicht sein. Ich übertreibe ein bisschen. Ich bin ja schließlich keine Superheldin. Nur weil ich aus einer der einflussreichsten Expat-Familien Shanghais stamme, heißt das ja noch lange nicht, dass kein Mann mich je versetzen würde. Hm. Ich weiß nicht. Bis jetzt bin ich allerdings noch nie versetzt worden.

„Kacke!", stöhne ich und raufe mir die Haare.

Das Telefon in Amélies Wohnung klingelt und ich schreie nervös auf.

„Jesus, Virginia, was ist eigentlich los mit dir!", schimpfe ich, schüttele den Kopf und ermahne mich, lieber mit den Selbstgesprächen aufzuhören. „Ja?", melde ich mich.

Es ist der Pförtner mit der freudigen Nachricht, dass mein Besuch wartet.

„O mein Gott!" Ich lasse mich noch einmal in den Sitzsack fallen und atme tief durch. Das Beinahe-Blind-Date hat noch nicht mal angefangen und ich bin völlig fertig mit den Nerven. Vorsichtshalber schnuppere ich an mir, ob mein Deo schon versagt. Noch alles frisch. Wenigstens etwas.

Langsam stehe ich auf, checke ein letztes Mal mein Aussehen im Spiegel, schnappe mir meine Handtasche – ich habe es einfach nicht über mich gebracht, das gute Stück gegen ein minderwertiges Plagiat zu ersetzen – und mache mich auf den Weg nach unten.

Mein Herz klopft wie verrückt und ich bin mir nicht sicher, was der genaue Grund dafür ist. Liegt es nur daran, dass es ein Unbekannter ist, mit dem ich verabredet bin? Oder freue ich mich wirklich, ihn zu treffen?

Einen gewissen Kick gibt mir die Ungewissheit ja. Immerhin bin ich vollkommen ahnungslos, kenne nicht mal seinen vollständigen Namen.

Was macht er eigentlich? Ist er ein Serienmörder, der nur darauf wartet, mich endlich in seine Fänge zu bekommen? Bin ich so aufgeregt, weil der Kuss schlicht und ergreifend atemberaubend gewesen ist und ich es kaum abwarten kann, es wieder zu tun? Es ist höchstwahrscheinlich die Mischung aus beidem, schätze ich. Ich atme tief aus und ein und versuche meinen rasenden Puls auf ein normales Niveau zu bringen. Leider gelingt es mir überhaupt nicht.

Als sich die Türen des Lifts unten öffnen, schließe ich für eine Sekunde die Augen und dann gehe ich hinaus.

Selbstverständlich trage ich hohe Absätze. Schon vergessen? Ich bin nur knapp über eins fünfzig. Wenn ich mit süßen Ballerinas in Größe siebenunddreißig unterwegs bin, lassen die mich in keinen Club, geschweige denn nimmt man mir ab, dass ich einen Tag älter als neunzehn bin. Ich habe keine Ahnung, was Liam vorhat, und mit dem Outfit bin ich quasi für alles – außer Wanderungen natürlich – vorbereitet.

Und dann sehe ich ihn.

Wow.

Sehr viel mehr fällt mir dazu nicht ein. Mein Gehirn ist mit Sauerstoff unterversorgt. Das Atmen habe ich auch eingestellt. Liam sieht gut aus, dabei ist er sexy und äußerst männlich. Seine breiten Schultern stecken in einem T-Shirt, unter dem sich die Konturen seiner Muskeln deutlich abzeichnen. Ich muss aufpassen, dass ich ihn nicht unentwegt anstarre und anfange zu sabbern.

„Hi!", sagt er und lächelt mich an. Mein Magen macht einen nervösen Satz.

„Hey", erwidere ich so lässig, wie es mir gerade möglich ist und gehe auf ihn zu, um ihm ein Küsschen auf die Wange zu geben.

Er ist nicht rasiert, seine Bartstoppeln kitzeln mich leicht und er duftet … himmlisch. Eine würzige Note mit einem Hauch von Bergamotte steigt in meine Nase und ich schwöre, ich habe noch nie etwas dermaßen Gutes gerochen. Ehrlich.

„Bist du bereit?", fragt er mich geheimnisvoll und ein Blick in seine blauen Augen genügt, um meine Knie weich werden zu lassen.

Na wundervoll. Aus mir ist in kürzester Zeit ein hormongesteuertes, weibliches Etwas geworden. So kenne ich mich gar nicht.

„Bereit wofür?" Ich lächele ihn an.

„Für den hoffentlich schönsten Tag deines Lebens", ergänzt er, zwinkert mir zu und mein Herz beginnt zu flattern. Im selben Atemzug bietet er mir seinen Arm, den ich zögernd ergreife, weil ich mir nicht sicher bin, ob ich eine Berührung aushalten kann oder einfach vollständig zerfließen werde.

„Keine Angst, ich beiße nicht. Jedenfalls nicht, wenn du nicht möchtest."

Ich lache spitz auf, dann gehen wir gemeinsam hinaus. Am Straßenrand wartet eine schwarze Limousine, sein Fahrer steht daneben. Als er Liam erkennt, nickt er und öffnet die Tür des Fonds für uns. Das allein heißt aber noch nichts. In aller Regel leisten sich Expats mit einem einigermaßen anspruchsvollen Job hier ihren eigenen Chauffeur. Es sind zum größten Teil Incentives der Firmen, um ihre Mitarbeiter im fernen China glücklich zu halten. Die meisten Leute mögen das Leben im Ausland nicht und man muss sie mit Dingen locken, die sie zu Hause nie hätten. Aus genau diesem Grund bleiben viele länger, als sie ursprünglich vorhatten. Denn hier haben sie einen Status, den sie so in ihrer Heimat nicht halten können. Höheres Gehalt, Wohnung vom Arbeitgeber bezahlt und so weiter. Für mich trifft nichts davon zu. Ich kann mich an die Zeit im entfernten England nicht erinnern und habe mich in Shanghai stets wohlgefühlt. Los Angeles war irgendwas dazwischen. Als Student lebt man in einer Blase und neben der Uni war ich bei zahlreichen wilden Hollywoodpartys. Das nötige Kleingeld für alles war natürlich immer vorhanden, deswegen musste ich mir nirgendwo Gedanken um das Wie und Wo machen – bis jetzt. Als Amélie sollte ich dreimal überlegen, was ich mir leisten kann, und ich könnte ein wenig beeindruckt sein von seiner Limousine.

„Danke", sage ich und steige als Erste in den klimatisierten Innenraum. „Toller Wagen", ergänze ich und gebe mir innerlich ein Fleißsternchen. Liam setzt sich zu mir, dann wird die Tür geschlossen. Mir liegen unzählige Fragen auf der Zunge, aber ich muss vorsichtig sein, denn jede davon könnte in einer Gegenfrage enden und ich bin wirklich nicht gut vorbereitet. Wenn ich aus Amélies Leben erzähle, kann ich schlecht behaupten, dass ich in einer französischen Firma arbeite. Ich spreche kein Wort dieser Sprache. Ich bin schon froh, dass ich nach all den Jahren ein wenig Chinesisch kann, wenn auch nur dürftig. Mein diesbezüglicher Ehrgeiz ist leider nicht sonderlich ausgeprägt.

„Danke. Hast du Lust, mit mir nach Tian Zi Fang zu fahren?" Liams Stimme ist angenehm und sein australischer Akzent versetzt mich immer wieder in Verzückung. Ich liebe es, wie die Australier die Vokale verändern und zum Beispiel aus einem „e" ein „ai" machen. Am liebsten würde ich ihn sofort küssen.

Ups.

„Ja, unbedingt", beeile ich mich, zu sagen. „Hast du an was Bestimmtes gedacht?"

„Warst du schon mal im Künstlerviertel?"

„Klar. Wenn man hier sein ganzes Leben verbracht hat, ist man irgendwann zwangsmäßig auch mal dort gelandet." Ich lache.

„Ach, du lebst schon länger hier?" Er wendet mir sein Gesicht zu und streicht mir eine Strähne aus den Augen. Die Berührung seiner Fingerspitzen auf meiner Haut löst einen wohligen Schauer bei mir aus.

„Ja, und du?"

„Ich bin seit ungefähr zwei Jahren hier und lerne trotzdem beinahe täglich neue Seiten kennen. Ich hoffe, es ist dir nicht zu protzig mit dem Fahrer?"

Ich sehe ihn mit gerunzelter Stirn an. „Äh, nein. Schon okay. Sag mal, gibt es in dieser Limousine so schalldichte, getönte Scheiben, um mehr Privatsphäre zu haben?"

Er sieht mich einen Augenblick unergründlich an, dann lacht er. Kehlig und rau.

„Amélie! Also wirklich! Du bringst mich auf Gedanken, die ich gar nicht haben sollte. Wir haben noch nicht mal was getrunken."

Ich zucke zusammen.

Amélie! Ich bin Amélie. Meine Güte, das darf ich nicht vergessen.

„Ich hoffe, ich schockiere dich nicht, Liam?", füge ich hastig hinzu und bete, dass er die Reaktion auf „meinen" Namen nicht mitbekommen hat. Aber er sieht zum Glück nach wie vor ganz entspannt aus.

„Kommst du immer so fix zur Sache?"

„Das war eine rein theoretische Frage, Liam", kläre ich ihn auf, kann ein Grinsen trotzdem nicht unterdrücken.

„Ach so, na dann ... Also", er räuspert sich, „Tian Zi Fang. Lust, mit mir was trinken zu gehen?"

„Auf jeden Fall, sehr gerne." Ich mag es, durch die Gegend zu schlendern und ohne ein Ziel hier und da ein wenig zu stöbern. Außerdem bin ich seit Ewigkeiten nicht mehr dort gewesen und gespannt, ob sich seit meinem letzten Aufenthalt vieles verändert hat. In China dreht sich die Welt um einiges schneller, das fällt mir nicht zum ersten Mal auf. Vor allem, da ich gerade von einem anderen Kontinent hierher zurückgekehrt bin.

„Erzähl mir was über dich." Liam sieht mich an und ich muss erneut lachen. So wie er es sagt, klingt er, als ob es unser zehntes Date wäre. Es fühlt sich auch ein bisschen so an, als ob wir uns länger kennen. Ein Gefühl der Geborgenheit stellt sich bei mir ein, das ich so noch nie bewusst wahrgenommen habe. Die Sache mit dem Serienmörder scheint mir immer unwahrscheinlicher. Aber wer weiß schon, wie Psychopathen sich tarnen, denke ich und verkneife mir ein ironisches Grinsen.

„Hm. Also ich bin fünfundzwanzig und habe Angst vor Käfern und allen anderen Krabbeltieren, die mehr als vier Beine haben."

„Das ist gut zu wissen. Ich werde dich auf jeden Fall vor jedwedem Ungeziefer beschützen."

Gott, wieso habe ich ihm das verraten? Na ja, spätestens wenn mir irgendwo eine Kakerlake begegnet wäre, hätte er miterlebt, wie ich hysterisch reagiere. Diese Tierchen gibt es hier häufiger, am schlimmsten ist es im Sommer. Einmal haben wir Essen bestellt und fanden gleich mehrere davon in unseren Nudeln – aus Versehen mit gebraten. Ich erschaudere allein bei der Erinnerung und hoffe, dass mir heute Ähnliches erspart bleibt.

Anscheinend habe ich ziemlich dämlich aus der Wäsche geschaut, denn Liam verzieht amüsiert das Gesicht. Er sieht tatsächlich noch besser aus, wenn er so lausbubenhaft grinst wie in diesem Moment. Zum Glück muss ich nicht länger über sein gutes Aussehen nachdenken, denn wir sind da. Gentlemanlike hilft er mir aus der Limousine und wir spazieren durch Tian Zi Fangs Gassen.

Nach wenigen Metern nimmt er meine Hand in seine, als wäre es das Normalste auf der Welt. Ich bin vielleicht ein bisschen überrascht, faktisch fühlt es sich allerdings viel zu gut an, als dass ich mich beschweren würde. Stattdessen sehe ich ihn von der Seite an, fange seinen Blick auf und mir wird ganz warm ums Herz. Wir sagen nichts, gehen einfach unbedarft weiter. Hand in Hand. Es kommt nicht häufig vor, dass mir die passenden Worte fehlen, aber gerade jetzt finde ich, dass alles, was ich dazu äußern könnte, entweder total übertrieben wäre oder völlig unangebracht.

Ein Stück weit will ich mir darüber auch nicht den Kopf zerbrechen, was ich hier eigentlich mit einem fremden Australier treibe. Ich genieße es, einfach mal das zu tun, was ich will, ohne es zu analysieren. Genau aus diesem Grund veranstalte ich diese Maskerade ja.

„Sollen wir hier eine Pause einlegen?", fragt er mich, als wir an einem Straßenlokal vorbeikommen, das nette Holzhocker und Sitzgelegenheiten draußen aufgestellt hat. Über uns hängen rote Lampions und beinahe alle Plätze bis auf einen Tisch sind besetzt. Es sieht sehr gemütlich und einladend aus, deswegen stimme ich zu.

„Ja, gern."

„Coole Gegend hier, nicht? Was möchtest du trinken?" Er lässt mich die Seite auswählen und setzt sich erst, nachdem ich es mir auf meinem Stuhl bequem gemacht habe. Ich sehe mich um, was die anderen Gäste vor sich stehen haben, und entscheide mich spontan für ein Bier. Damit kann man nicht viel falsch machen. Bei Wein bekommt man öfter mal einen völlig schrecklichen chinesischen serviert, der mit Keine-Ahnung-Was gepanscht ist. Das Risiko werde ich nicht eingehen, Essig schmeckt mir nämlich nicht so gut.

„Faszinierend, ja. Wenn man bedenkt, dass vor dreißig Jahren hier überall noch Fabriken standen, und jetzt leben dort Künstler und es wimmelt nur so von Cafés. Aber so ist es ja mit ganz China. Der Wandel ist so krass. Zuletzt war ich in Kalifornien und im Vergleich zu diesem Land hat man das Gefühl, die schnarchen selig leise vor sich hin." Ich kichere und beiße mir auf die Lippen, damit ich meine Klappe halte und nicht zu viel von mir preisgebe.

„Ja, das stimmt. Mir fällt das jedes Mal auf, gerade wenn ich mal im Ausland war und dann wieder nach Hause komme. Aber sag mal, sollen wir denn gleich noch ein bisschen durch die Boutiquen schlendern?"

Ich muss mich zusammenreißen, beinahe hätte ich mich eben schon verplappert. Zum Glück werden in diesem Moment unsere Getränke auf dem Tisch zwischen uns abgestellt. Das chinesische Kellnermädchen nickt uns lächelnd zu und verschwindet anschließend so lautlos, wie sie gekommen ist.

„Äh, wieso? Willst du was kaufen?" Er sieht gar nicht so aus, als läge ihm viel an Shopping. Er ist superlässig gekleidet, aber man bemerkt auf den ersten Blick, dass ihm Marken und Designer völlig egal sind. Zwar erinnere ich mich gut an ihn im Smoking, aber auf so einer Veranstaltung wie dem Maskenball gelten andere Regeln als im täglichen Leben. Aktuell könnte ich ihn mir überhaupt nicht in Anzug, Hemd und Krawatte vorstellen. Ich glaube irgendwie nicht, dass er einen Bürojob hat. Dafür ist er viel zu ... locker.

Liam nimmt seine Flasche und schlägt sie leicht gegen meine. „Nö, ich versuche nur rauszufinden, was du magst." Er hält sich sein Bier an die Lippen und blickt mich erwartungsvoll an.

Gott, er ist ja süß. Ich lache verlegen und nehme selbst einen Schluck.

„Können wir machen, aber du siehst ja, ich habe keine Turnschuhe an."

Ich hebe mein rechtes Bein so weit nach oben, dass er meine schwarzen Pumps begutachten kann. Mit einer kurzen Handbewegung hält er meinen Fuß fest und streicht mit dem Daumen über meinen Spann. Dabei schaut er mir tief in die Augen und in meinem Bauch flattert etwas auf. Dann lässt er mich sanft los und dort, wo er mich berührt hat, kribbelt es immer noch.

„Keine Sorge, ich passe auf dich auf." Er sagt es im Scherz, ich bin mir jedoch ziemlich sicher, dass er es genauso meint, wie er es sagt. Eigentlich stehe ich absolut nicht auf Kerle, die für mich bestimmen. Aber bei Liam würde ich eventuell mal eine Ausnahme machen. Ich muss schmunzeln. Es ist sogar vielmehr so, dass ich *will*, dass er auf mich aufpasst. Verrückt. Ich kenne ihn gar nicht. Möglicherweise liegt es lediglich daran.

„Da bin ich ja beruhigt", meine ich mit einem Hauch Sarkasmus in der Stimme.

Als wir unser Bier ausgetrunken haben, verschränkt er seine Finger mit meinen. „Sollen wir noch ein Stück gehen? Vielleicht noch was essen?"

„Essen klingt gut, ja, gern." Ich bin tatsächlich ein wenig hungrig, was mir vorher gar nicht aufgefallen ist.

Er wirft etwas Geld auf den Tisch und dann sind wir auch schon unterwegs. Wir schieben uns zwischen den engen Gassen hindurch. Überall sind Menschen, über uns hängen noch mehr rote Lampions. Die verschiedensten Gerüche strömen uns aus den offenen Läden entgegen – nicht alle davon sind angenehm. Wie vorhin hält Liam meine Hand in seiner. Plötzlich bleibt er stehen. Er dreht sich zu mir, legt seine Finger an meine Wange und streicht vorsichtig darüber. Ein Schauer läuft über meinen Rücken und die feinen Härchen auf meiner Haut stellen sich auf. Wahnsinn, was eine so kleine Geste für eine Wirkung haben kann. Ich bin völlig perplex und kann mich nicht rühren.

„Das wollte ich schon die ganze Zeit tun", flüstert er leise und ist mir sehr nahe. Ich blicke zu ihm auf und verliere mich in diesem intensiven Blau. Es sind die ausdrucksstärksten Augen, die ich jemals gesehen habe. Ich könnte für immer nur sie betrachten und mir würde es niemals langweilig werden. Ich bin ihm auf Gedeih und Verderb ausgeliefert.

„Wieso hast du es nicht gemacht?" Meine Stimme ist nur noch ein Hauch, mein Magen zieht sich erwartungsvoll zusammen. Es liegt eine beinahe schon greifbare

Spannung in der Luft, die mich in einen Zustand der Erregung versetzt. Jeder Muskel in mir ist angespannt.

„Ich tue es *jetzt*. Vorfreude ist doch die schönste Freude, aber …" Er drückt mich noch enger an seinen athletischen Körper. „In diesem Falle glaube ich, dass das eigentliche Erleben der Höhepunkt ist." Und dann küsst er mich endlich. Liams Lippen sind sanft und warm. Von ihm gehen so viel Stärke und Dynamik aus, die sich auf mich übertragen. Als er auch noch seine Zunge ins Spiel bringt, ist es vorbei mit mir. Ich kann nicht mehr denken, nur spüren, fühlen und abtauchen in eine Welt der Empfindungen, die mich überwältigt. Ganz automatisch öffne ich meine Lippen und unsere Zungen treffen sich. Wenn der erste Kuss auf der Terrasse schon gut war, dann toppt dieser alles, was ich bisher erlebt habe. Liams heißer Atem dringt in meinen Mund und ich kann gar nicht genug von ihm bekommen. Als er beginnt, sanft an meiner Unterlippe zu knabbern, schleicht sich ein Laut aus meiner Kehle, der verdammt nah an einem Stöhnen ist.

„Herrlich! Du bist herrlich, Amélie!", raunt er in mein Ohr und streift es mit seinen Zähnen. Alle nicht dem Waxing zum Opfer gefallenen Härchen an meinem Körper richten sich noch ein Stückchen mehr auf.

Jetzt wäre ein passender Zeitpunkt, ihm zu sagen, dass ich gar nicht Amélie heiße. Es stört mich nämlich zunehmend, dass er mich falsch anspricht. Ich fühle mich ein wenig ernüchtert.

Was soll das hier werden?

Ich habe nicht vor, ihn wiederzusehen. Wir haben *ein* Date. Knutschen ein bisschen und das war's. Er muss nicht wissen, dass ich Virginia Prescott bin.

„Was ist los? Stimmt was nicht?", fragt er mich.

„Doch, doch", erwidere ich hastig, nehme seine Hand wieder in meine und ziehe ihn mit mir. „Es ist mir nur etwas zu voll hier."

„Da hat jemand gerne die Kontrolle, hm?" Seine Stimme klingt amüsiert und er hat recht. Ja. Ich bin es gewohnt, Herrin der Lage zu sein.

„Quatsch. Ich bin total spontan!"

Das verräterische Zucken seiner Mundwinkel sagt alles. Wie kann es sein, dass er mich bereits nach so kurzer Zeit schon so gut kennt?

„Soso. Dann lass uns ganz spontan hier Dimsum essen." Er zeigt auf ein Straßencafé mit roten Tischdecken.

„Klar. Machen wir. Ich liebe diese kleinen Teigklößchen. Danach fühlt man sich auch nicht so vollgestopft."

Wir grinsen uns an und er rückt mir den Stuhl zurecht. Absolut unpassend für die Gegend, für die Art des Lokals und überhaupt. Ich mag es trotzdem. Vielleicht gerade weil es nicht hierher passt.

„Danke."

„Ist es dir recht, wenn ich was für uns aussuche?"

Ich sehe ihn an und ahne, dass ich dabei etwas skeptisch dreinschaue.

„Was ist?", fragt er. „Bist du so eine komplizierte Bestellerin von wegen *Einmal die Hühnchen-Dimsum, aber bitte ohne Huhn*?"

Das ist die perfekte Beschreibung meiner Person. Mist. Jetzt darf ich mir auf keinen Fall etwas anmerken lassen. Ich spiele eine Rolle, ja. Vermutlich ist das ein guter Ansatzpunkt. Die echte Amélie würde nie ein großes Aufheben um eine Bestellung veranstalten.

„Nein", sage ich und spüre, dass ich möglicherweise ein bisschen rot werde. „Mach nur. Ich esse alles, nur keine Hühnerfüße. Na, du weißt schon. Nimm *Western-Style-Chinese*."

Liam wirft seinen Kopf in den Nacken und lacht lauthals. „Das ist die beste Erklärung, die ich je gehört habe. Also du isst alles, solange es nicht traditionell Chinesisch ist, oder wie?"

„So in etwa. Sag bloß, du magst gekochte Krallen und Skorpione?"

Seine Mundwinkel zucken. „Verputze ich täglich."

„Haha. Du Witzbold!" Ich gebe ihm einen Klaps auf den Oberarm.

Er ist ganz schön durchtrainiert.

Wenig später sitzen wir mit unserem Snack da und fischen mit den Stäbchen nach den kleinen Teigtaschen.

„Schmeckt gut, nicht?" Liam sieht mich an und steckt sich ein Dimsum in den Mund.

„Ja, nicht übel", erwidere ich und nehme einen Schluck von meinem zweiten Bier.

Es ist angenehm, mit ihm zusammen zu sein. Er stellt keine lästigen Fragen, trotzdem unterhalten wir uns sehr gut. Nach dem Mahl schlendern wir ziellos durch die Gassen, schauen uns ein paar Bilder von noch unbekannten Malern an, bis er sein Handy aus der Hosentasche zieht und meinen Blick sucht.

„Soll ich meinen Fahrer anrufen?"

Obwohl es klar ist, dass das Date irgendwann enden muss, bin ich ein kleines bisschen enttäuscht. Die Zeit mit ihm ist so schnell verflogen, dass ich gern noch länger mit ihm zusammengeblieben wäre. Der Druck der

Pumps auf meinen Füßen ist unangenehm, aber ich habe keine Lust, mich jetzt von ihm zu verabschieden.

„Wir können woanders was trinken?", schlägt er vor. Meine Emotionen dürften mir deutlich anzusehen sein. Und das mir, als Schauspielerin! Ein weiterer Beweis, dass ich ganz offenbar keinerlei Talent habe.

„Ja, mach. Mit Vergnügen."

Er nickt und telefoniert kurz. Dann legt er einen Arm um meine Schultern. „Du hast doch nicht etwa gedacht, dass ich dich so einfach gehen lasse?"

Erwischt, würde ich sagen.

Ich lache auf. Es klingt ein bisschen schrill.

„Nein, natürlich nicht."

„Du bist herrlich. Komm, da drüben ist er." Er zeigt auf die schwarze Limousine am Ende der Straße. Ich bin aufgeregt. Wenn er mir jetzt vorschlägt, dass er mir seine Wohnung zeigen will, antworte ich mit Ja.

4

WIR SITZEN SEIT FÜNF MINUTEN im Wagen und er hat dem Fahrer noch nicht gesagt, wohin er uns bringen soll. Ich habe jedenfalls nichts mitbekommen.

Ist er doch ein Serienmörder und sein Komplize weiß schon genau, in welche leer stehende Lagerhalle es geht?

Nein. Eher unwahrscheinlich. Viel wahrscheinlicher ist, dass er ihm am Telefon schon mitgeteilt hat, wo es hingeht, oder er zieht immer die gleiche Tour mit seinen Dates ab und der Chauffeur kennt das Ziel sowieso.

Huh. Was für eine unschöne Vorstellung.

Dagegen muss ich was tun.

„Also, Liam, was ist nun mit der hochfahrbaren Scheibe? Hast du hier drin so was?"

Ich beginne nach Knöpfen zu suchen, die dafür zuständig sein könnten. Bei meinem Dad gibt es garantiert eine schalldichte Trennwand. Nicht, dass er es für den Zweck gebrauchen würde, der mir vorschwebt.

Liam sieht mich an und seine Pupillen weiten sich, als er erkennt, dass ich es ernst meine. Er ergreift meine Hand und umfasst mein Handgelenk. Seine Stimme klingt belegt. „Ich denke den ganzen Abend daran, seit du mir diesen Gedanken in mein Gehirn eingepflanzt hast. Bist du sicher?", will er wissen.

Ich nicke zaghaft, höre das Blut in meinen Ohren rauschen. Gott, wo ist mein Mut hin? Mein Puls rast.

Ich hatte noch nie einen One-Night-Stand ... und schon gar nicht in einer Limousine.

Üblicherweise kommt es gar nicht dazu, dass ich mit einem Kerl ins Bett springe, weil mir die meisten Typen nach kürzester Zeit auf den Keks gehen. Rein sexuell gesehen bin ich mit meinen fünfundzwanzig Jahren nicht sonderlich erfahren.

Ja. Es ist so. Jetzt habe ich auf einmal Angst vor meiner eigenen Courage.

Oder ich bin einfach nur höllisch nervös.

Egal, was es ist, wahrscheinlich beides. „Fahren Sie weiter, bis ich Ihnen eine andere Instruktion gebe, Li." Liams Stimme ist dunkel und fest. Er klingt wie ein Mann, der weiß, was er will, und es gewohnt ist, Anweisungen zu erteilen.

„Ja, Sir", antwortet der Chauffeur.

Liam hat den entsprechenden Knopf gefunden und gedrückt und die Scheibe fährt mit einem leichten Surren nach oben. O Gott, was habe ich getan?

Meine Finger sind eiskalt und mein Atem geht schnell.

Und dann schließt sich die Trennwand auch schon und wir sind abgeschirmt. Wir sind allein und ungestört in einem fahrenden Auto. Unanständige Bilder erscheinen in meinem Kopf.

Mein Herz klopft wie verrückt. Ich nehme all meinen Mut zusammen und schließe für einen Moment die Lider. *Heute bin ich nicht Virginia, ich kann tun und lassen, was ich will*, erinnere ich mich selbst. Und jetzt will ich verdammt noch mal mit Liam – Shit, wie heißt er eigentlich mit Nachnamen? – rummachen.

Ich gebe mir einen Ruck und setze mich rittlings auf seinen Schoß. Er stößt überrascht die Luft aus und umfasst fest meine Taille.

„Hey, hey, nicht so schnell, Amélie. So eilig haben wir es doch nicht." Liams Pupillen sind geweitet und seine Lippen leicht geöffnet. Der Druck seiner Hände auf meinem Körper ist angenehm, ich spüre die Hitze, die von seiner Haut durch den Stoff meiner Bluse dringt. Ist es möglich, dass er ebenfalls nervös ist? Vorsichtig lege ich meine Hand auf seinen Schritt. Als ich ihn dort berühre, atmet er scharf ein.

Liam fasst in mein Haar und sieht mir tief in die Augen. „Du bist so heiß!"

Dann lässt er sein Becken unter meiner Hand kreisen. Jesus. Da ist definitiv schon was im Gange.

Okay. Ich bin frei. Ich kann tun und lassen, was ich will, erinnere ich mich. Und ich will ihn verdammt noch mal endlich wieder küssen.

Vergessen ist die vorsichtige Zärtlichkeit, mit der wir uns zuvor in Tian Zi Fangs Gassen geküsst haben. Ich lecke mit meiner Zunge über seine Lippen und presse meinen Oberkörper an seinen. Er greift meine Taille fester und ich spüre seinen schnellen Herzschlag unter meinen Händen.

Dieser Kuss ist so sinnlich und leidenschaftlich, dass ich am liebsten nie mehr damit aufhören möchte. Es ist, als wären unsere Münder füreinander geschaffen, sie passen perfekt zusammen. Unsere Zungen tanzen miteinander und ein Keuchen schleicht sich tief aus meiner Kehle. Liams Finger fahren unter meine Bluse und öffnen den Verschluss meines BHs. Zart streichen sie über meinen Rücken und ich dränge mich noch ein Stück dichter an ihn. Dabei passt schon jetzt kein Blatt Papier mehr zwischen uns.

Wer immer es schon mal im Auto getrieben hat, sollte mir mal erklären, wie das vonstattengehen soll, wenn beide Jeans tragen.

Ich kann nicht mehr klar denken, habe keine Ahnung, was passieren wird. Nur eins ist sicher: Wir haben beide viel zu viel Stoff am Leib. Kurzerhand ziehe ich mir das lästige Ding über den Kopf, der BH hängt ohnehin nur noch lose an meinen Schultern.

„Amélie", stöhnt Liam, als er meinen Busen sieht. „Du bist so schön."

Behutsam, fast ehrfürchtig streicht er mit seinen Fingerkuppen an meinem Schlüsselbein entlang. Ich schließe die Augen und lehne mich zurück, um seine Liebkosungen noch intensiver genießen zu können. Liam legt seine Hände auf meine Brüste und beginnt sie sanft zu massieren. Ich gebe leise Seufzer von mir und will mehr. Das geht mir alles zu langsam.

Ich taste nach Liams Gürtel und will seinen Körper besser kennenlernen. Er hält mich auf. „Hey, nicht so schnell, Kätzchen."

Liam drückt mich zärtlich, aber bestimmt auf die Rückbank. Es ist ungewohnt für mich, die Führung abzugeben. Ich bin eigentlich eine Frau, die weiß, was sie will, und nichts dem Zufall überlässt. Ich habe gern die Kontrolle, damit ich bestimmen kann, wie es läuft. Bei Liam fühle ich mich so anders, so losgelöst und frei. Ich habe keine Ahnung, wie oder wo das endet. Es ist mir auch egal, vor allem wenn er *das* tut.

„Himmel", stöhne ich, als er zart an einer Brustwarze knabbert. Seine Lippen und Hände scheinen überall zu sein, ich kann keinen klaren Gedanken mehr fassen. Seine Zunge hinterlässt heiße Spuren auf meiner Haut. Ich streiche über seine muskulösen Schultern, während er meine Hose öffnet und sie mir von den Hüften streift. Sein Mund folgt der Spur seiner Finger und küsst jeden freigelegten Zentimeter. Ich trage nur noch mein Spitzenhöschen, er hingegen ist voll bekleidet.

„Meinst du nicht, dass wir ein wenig im Ungleichgewicht sind, Liam?", necke ich ihn.

Er sieht mich an und streicht langsam über meinen Venushügel. „Nein. Das finde ich ganz und gar nicht. Entspann dich, Amélie."

Ich schließe die Augen und recke ihm mein Becken entgegen, denn seine hauchzarten Berührungen über der Spitze meines Slips machen mich wahnsinnig. Ich will mehr, ich brauche mehr. Die Reaktionen meines Körpers erschrecken mich. Ich bin so erregt, dass ich kaum abwarten kann, dass er mich endlich ohne diesen blöden String anfasst.

„Bitte, Liam", sage ich und kralle mich an ihm fest. Er scheint seinen Vorteil sichtlich zu genießen.

„Bitte was?", fragt er heiser und pustet auf meine Klitoris. Ich atme zischend ein.

„Gott, du weißt, was ich will!", jammere ich und bewege meine Hüften in seine Richtung. Gerade will ich mein Höschen selbst ausziehen, als er mich festhält.

„Heute machen wir es nach meinen Spielregeln."

Er hat mich in der Hand. Oder auf der Rückbank. Man kann es drehen und wenden, wie man möchte. Ich bin ihm ausgeliefert.

Das Schlimme ist: Es macht mich an. Ich bin so nass, dass sogar mein Slip feucht ist.

Ich seufze frustriert auf und liege schwer atmend auf dem kühlen Leder. Und dann geht es plötzlich ganz schnell. Liam reißt mir das Ding wild vom Körper und presst seinen Mund auf meine empfindlichste Stelle. Ich schreie leise auf und kann mich nicht mehr beherrschen. Er saugt und leckt an meinem Kitzler, umkreist ihn und umschmeichelt ihn, um ihn dann wieder direkt zu liebkosen. Ich kralle mich in seinen Haaren fest, mein Atem kommt nur noch stoßweise. Ich keuche vor Lust, werfe meinen Kopf hin und her. Liam ist so stark, so bestimmt, er hält mich fest, es gibt kein Entrinnen. Viel zu früh merke ich, wie sich der Orgasmus stürmisch und unausweichlich ankündigt. Ich will nicht, dass es so rasch endet, gleichwohl kann ich es nicht länger abwarten. Meine Hüften zucken unter seinen Bewegungen, aber ich habe nicht viel Spielraum, bin unter ihm gefangen. Ich kann mich nicht wehren, will mich nicht wehren. Ich will ihn noch intensiver spüren. Zugleich sind die Sinneseindrücke so heftig, dass es kaum auszuhalten ist. Und dann führt er zwei Finger in mich ein, es ist zu viel und doch viel zu wenig für mich. Es soll niemals enden und doch sehne ich mich nach nichts anderem als der körperlichen Erlösung. Ich weiß nicht, wo oben und unten ist, und explodiere.

Ich komme mit einem unverfälschten Schrei und bin mir sicher, kein schalldichtes Glas dieser Erde kann meine Laute abschirmen. Es ist mir jedoch völlig gleichgültig, wer mich hören kann.

Ich atme schwer. Die Anspannung ist von mir abgefallen, ich fühle mich matt, gleichzeitig aber auch so elektrisiert wie nie zuvor. Das war nicht das erste Mal, dass mich jemand auf diese Weise befriedigt hat. Doch nie habe ich mich so fieberhaft berauscht und erregt gefühlt wie bei Liam.

Er küsst mich noch einmal und ich schmecke mich selbst. Sein Kuss ist zärtlich und sanft. „Wie geht es dir?", fragt er fürsorglich und zieht mich vorsichtig zurück auf seinen Schoß.

„Mein Höschen ist zerrissen", beschwere ich mich und will seine Hose öffnen, um weiterzumachen, wo wir aufgehört haben. Obwohl ich gerade erst gekommen bin, bin ich noch lange nicht fertig. Er hält meine Hand fest und schüttelt den Kopf. Dann beginnt er damit, meine Kleidungsstücke einzusammeln.

Wie jetzt? Er will nicht? Heftige Enttäuschung macht sich in mir breit.

So was ist mir wahrlich noch nie passiert. Habe ich irgendetwas falsch gemacht?

Ich habe große Mühe, meine Ernüchterung nicht zu zeigen. Stattdessen lasse ich zu, wie er mir in den BH und die Bluse hilft.

„Darf ich dir ein neues kaufen?" Sein Lächeln ist knieerweichend. Beinahe vergesse ich die Abfuhr, aber auch nur beinahe.

„Der Verlust bringt mich nicht um", erwidere ich schulterzuckend und lasse mir von ihm beim Anziehen der Jeans behilflich sein. Es ist nicht ganz einfach, aber auch das bekommen wir hin. Dann sitzen wir wieder nebeneinander und sein intensiver Blick ruht auf mir. Er rückt wieder etwas näher zu mir und knabbert lustvoll an meinem Ohrläppchen. Was denn jetzt? Doch noch nicht fertig? Was will er denn?

Ich fühle noch einmal vorsichtig vor. Die Beule in seiner Hose ist definitiv noch da. Er macht keine Anstalten, unser Intermezzo fortzuführen.

Okay, also liegt es an mir. Oder etwa doch nicht? Welchen Ratgeber müsste ich gelesen haben, um das verdammt nochmal zu verstehen?

So wortgewandt ich üblicherweise bin, so stumm bleibe ich jetzt. Ich bin ein Angsthase, der mit Ablehnung nicht umgehen kann. Ich will nicht hören, dass er keinen Sex mit mir will – aus welchem Grund auch immer.

Warum, zum Teufel, will er keinen Sex mit mir?

Ich wäre zu allem bereit gewesen.

Mein Gott. Ich bin ein Luder.

Mein Ego ist bedenklich angekratzt. Wie kann es nur sein, dass er mich mit seinem göttlichen Mund und seiner Zunge zum Höhepunkt bringt und die *Sache* für ihn dann erledigt ist?

Als er nun auch noch die Scheibe wieder herunterlässt und dem Fahrer meine Adresse durchgibt, schwinden meine Hoffnungen endgültig.

„Ich habe jetzt leider gleich einen Termin, aber, Amélie ... Darf ich dich wiedersehen?"

Hm. Er hat also noch was vor, davon hat er vorhin allerdings nichts gesagt. Was auch immer das jetzt bedeutet. Ich bin mir sicher, in ein paar Minuten hätten wir es hinbekommen ...

Ich ziehe die Nase kraus.

Er will ein weiteres Treffen. Mein Magen vollführt einen nervösen Hüpfer.

Will ich ein zweites Date?

Diese Frage beantwortet sich fatalerweise von selbst.

O ja. Ich will ihn vor allem …

Moment mal. Ursprünglich sollte das doch ein One-Night-Stand werden. Jesus, dieser australische Kerl macht alle meine Pläne zunichte.

„Woran hattest du gedacht, Liam? Wie heißt du eigentlich weiter? Meinst du nicht, nach der Nummer eben bist du mir zumindest deinen Nachnamen schuldig?"

Er lacht. „Du bist bezaubernd, Amélie." Und küsst mich noch einmal. „Ehrlich gesagt ärgert es mich, dass ich jetzt noch eine andere Verpflichtung habe. Ich würde viel lieber mit dir …" Er fährt mit dem Zeigefinger über meine Wange und sieht mich mit seinen hübschen blauen Augen an, dass es mir schon wieder heiß und kalt den Rücken hinunterläuft.

„Deinen Nachnamen", erinnere ich ihn bestimmt. So leicht lasse ich mich nach einer solchen Darbietung eben nicht abspeisen.

„Liam Granger."

Klingt wundervoll, wie er es ausspricht. Habe ich schon mal erwähnt, dass ich seinen Akzent einfach zum Knutschen finde?

„Okay. Gut. Du hast also einen", sage ich amüsiert. Den werde ich als Erstes gleich mal googeln, wenn ich ausgestiegen bin.

„Und deiner?", erkundigt er sich und verhakt meine Finger mit seinen.

„Mein Lieber, du durftest in mein Höschen. Dafür habe ich deinen Nachnamen bekommen. Mir wurde …", ich lege den Zeigefinger meiner freien Hand an die Lippen und überlege, „… nichts gestattet. Dementsprechend gibt es auch keine weiteren Informationen."

„Clever, sehr clever. Man könnte meinen, du hättest was zu verbergen."

Ups. Ist das etwa so offensichtlich? Ich fühle mich ein bisschen ertappt.

„Deswegen weißt du auch, wo ich wohne, hm?" Gut, dass mir das noch eingefallen ist. Er hat ja keine Ahnung, dass ich nur zeitweilig dort residiere.

„Stimmt. Also gut, Amélie. Wann darf ich dich morgen entführen und wohin?"

„Ich lasse mich überraschen. Sag mir einfach Bescheid, wenn ich einen Fallschirm oder eine Bazooka einpacken muss."

„Das mache ich." Er zieht mich näher an sich. „Ich werde vor meinem Meeting gleich kalt duschen müssen. Du hast mich ganz schön scharf gemacht."

Mir läuft es sofort wieder heiß und kalt den Rücken hinunter. O Gott. Ich könnte glatt noch mal … Es lag also nicht an mir, sondern daran, dass er arbeiten muss. Was treibt er eigentlich, wenn er nicht gerade Frauen auf seiner Rückbank flachlegt? Bei der Frage wird Google mir gleich behilflich sein müssen. In irgendeinem sozialen Netzwerk werde ich hoffentlich fündig.

„Selbst schuld", sage ich lachend und streiche absichtlich zart und langsam über seine Erektion. Er schnappt nach meiner Hand.

„Du kleine Teufelin! Morgen ...", verspricht er mir und dann hält der Wagen vor Amélies Wohnkomplex an.

„Schönen Abend, Liam Granger", säusele ich und gebe ihm einen Kuss auf die Wange.

„Um zwei hole ich dich ab. Ich denke an dich, Amélie Wieauchimmer."

Sein Humor ist wundervoll. Ich verlasse die Limousine breit grinsend und gehe, ohne zurückzublicken, durch die Eingangstür.

Erst drinnen fällt mir auf, dass er nicht gefragt hat, ob mir die Uhrzeit überhaupt passt. Etwas irritiert runzele ich die Stirn. Der scheint ja ziemlich von sich überzeugt zu sein. Andererseits habe ich leider nichts Besseres vor ... Ach, ich lasse es einfach mal auf mich zukommen. Ein Orgasmus, und schon ist mein Kontrollzwang besiegt. Vielleicht arbeitet er ja als Therapeut, witzele ich mit mir selbst und genieße meine ausgelassene Stimmung, während ich hineingehe.

5

„WAHNSINN!", seufze ich, schließe die Wohnungstür hinter mir und kicke die Pumps von meinen Füßen. Ich weiß gar nicht so recht, wie ich über die Sache in der Limousine denken soll. Es fühlt sich seltsam an, die Kontrolle abzugeben. Normalerweise weiß ich sehr genau, wann, wie und wo ich mich mit jemandem verabrede. Bei Liam ist auf einmal alles anders. Nicht mal das mit dem One-Night-Stand ist mir gelungen. Der kann es ja immer noch werden. Morgen. Dafür muss es lediglich ein zweites Date geben.

Nachdem ich Liam Granger mit meinem Smartphone gegoogelt habe, wird mir ein wenig mulmig. Wen habe ich mir denn da nur angelacht? Er ist ein Internetmillionär. Ein Aufstieg von null auf hundert in äußerst kurzer Zeit. Er hat sich alles allein aufgebaut. Krass. Ich bin schwer beeindruckt von dem Leben, das er offenbar führt. Ein moderner Nomade, der für Gleichgesinnte multiple Lösungen anbietet. Eventuell wäre ein Job in dieser Richtung ja was für mich?

Vielleicht. Dafür benötige ich definitiv mehr Insider-Informationen. Jetzt brauche ich erstmal etwas, um meine Nerven zu beruhigen. Es liegt nicht daran, dass er Kohle hat, warum ich so fasziniert von Liam bin. Geld habe ich selbst genug, beziehungsweise mein Vater. Es ist viel eher die Tatsache, dass er so selbstbestimmt und selbstsicher ist. Üblicherweise haben Männer ein bisschen Angst vor mir, ich kann ziemlich launisch sein. Bei Liam scheine ich dieses Problem nicht zu haben. Er gibt mir keine Gelegenheit dazu, indem er gewisse Dinge einfach macht, ohne sich groß zu erkundigen, ob ich das überhaupttoll finde oder nicht, und trotzdem fühle ich mich nicht bevormundet. Das verwirrt mich. Er verwirrt mich. Hochgradig.

In Amélies Kühlschrank entdecke ich glücklicherweise noch eine Flasche Weißwein. Ein Blick aufs Etikett genügt. „Was für ein Fusel", murmele ich und verdrehe die Augen. „Der muss es tun. Was anderes hat sie nicht." Immerhin braucht man für die Plörre keinen Korkenzieher. Ich drehe den Schraubverschluss auf und nehme mir ein Glas aus dem Schrank.

Wenigstens gut gekühlt.

Komisch, dass er so spät noch ein Meeting haben soll. Meine Gedanken schweifen wieder zu meinem Australier. Aber was weiß ich, mit welchen Zeitzonen der Kerl Geschäfte macht. Sollte mich auch gar nicht interessieren. Gelangweilt greife ich nach einem Magazin und blättere darin.

Wenn ich ehrlich bin, kann ich kaum abwarten, ihn wiederzusehen. Ich leere das Weinglas, lege die Zeitung weg und wähle Amélies neue Nummer. Mit irgendjemandem muss ich mein Erlebnis teilen.

Natürlich erreiche ich nur ihre Mailbox. Na toll. Sie sitzt wahrscheinlich gerade im Flugzeug. Immer wenn man sie mal braucht, ist sie nicht da. Egal, so bleibt mir genug Zeit, mir eine schöne Lebensgeschichte auszudenken, die ich Liam präsentieren werde, wenn er mich morgen danach fragt. Ich hole meinen Laptop aus der Tasche und logge mich im Internet ein.

Bei der Suchmaschine tippe ich ein: Professionen für Frauen. Anschließend lande ich bei einem Online-Test: „Welcher Beruf passt zu dir".

Bevor es losgeht, gieße ich mir aber noch ein wenig Weißwein nach.

Ich muss alles auf einer Skala von eins bis zehn bewerten. In fünf Minuten soll man den Test schaffen können.

Die erste Frage ist aber gleich kompliziert.

Wie soll ich das beantworten? Ich komme mit allen Menschen klar.

Das ist nicht so leicht. Meinen die jetzt Angestellte? Familienangehörige oder Freunde?

Ich trinke einen Schluck. Keine Ahnung, wie ich das einschätzen soll. Eigentlich bin ich ein ganz umgänglicher Zeitgenosse – wenn man das macht, was ich will.

Ach, ich gebe einfach mal neun an. Bisher gab es immerhin noch keine Klagen.

Bei Punkt Nummer drei komme ich schon wieder ins Stocken: „Ich höre gerne jemandem zu, der eine andere Auffassung hat."

Äh. Nein?!

Natürlich nicht. Warum sollte ich mir das anhören? Das kann ich leider nur mit einer Drei bewerten. Meinem Vater muss ich bekanntermaßen zuhören, auch wenn ich seine Ansichten absolut nicht teile. Ich erinnere mich zu gut an das letzte Gespräch beim Frühstück, von wegen *Wenn du erst mal verheiratet bist ...* – aber ansonsten ... eher nicht.

Meine Güte, das wird ja immer schwieriger. „Wenn ich eine Aufgabe habe, sitze ich immer so lange, bis ich sie gelöst habe."

Würde ich nicht sagen. Wenn ich was nicht hinbekomme, rufe ich jemanden an, schließlich verdienen manche Leute ihr Geld damit. Also gebe ich mir mal eine Vier, vieles kann ich auch selbst. Delegieren nennt man das doch und das ist eine Stärke.

„Ich bin schnell für Neues zu begeistern."

Ja, bedingungslos. Demzufolge eine Zehn.

„Egal wie stressig es ist, ich bekomme alles erledigt."

Nein. Da würde ich auch nicht zustimmen. Stress ist der Motivationskiller Nummer eins. Wenn ich Druck habe, fange ich erst gar nicht an. Ich gebe mir sicherheitshalber mal eine Drei.

„Bei Diskussionen gewinne meistens ich."

Ich muss kichern.

Natürlich gewinne ich. Das letzte Wort ist meins. Außer bei meinem Vater. Aber den lasse ich jetzt einfach mal komplett außen vor. Er hat ja irgendwie eine Sonderstellung als Patriarch, Familienoberhaupt und Vater. Gleich drei Gründe, warum ich meinem Dad nicht widersprechen kann. Dabei finde ich das mit zunehmendem Alter immer schwieriger. Seine teilweise antiquierte Vorstellung von der Rolle einer Frau in der Gesellschaft ist manchmal nicht zum Aushalten, auch wenn er uns dabei in unseren Berufswünschen weitestgehend unterstützt. Aber er duldet einfach selten einen Widerspruch. Und wenn man doch mal so mutig ist, landet man in einem Tsunami … Nein, mit meinem Vater zu streiten, macht keinen Spaß. Das vermeiden wir Schwestern lieber grundsätzlich – so wie alle anderen in seinem Umfeld eigentlich auch.

Puh. Der nächste Punkt ist wieder fies.

„Ziele setze ich mir gern selbst und verwirkliche sie auch ohne Aufschub."

Ich seufze leise. Mit diesen blöden Zielen bin ich nicht so gut, deswegen mache ich den Test doch überhaupt. Also gebe ich mir eine Zwei.

„Wenn ich zwei Möglichkeiten habe, kann ich mich schnell entscheiden."

Hm. Ich nehme noch einen Schluck vom Wein. Bin mir nicht sicher.

Also gebe ich mir eine Fünf.

„Ich bewahre immer die Ruhe, auch wenn es gerade nicht so läuft, wie ich es will."

Ha. Absolut nicht mein Ding. Ich bin Choleriker. Ich lasse meinen Unmut gern sofort heraus, man soll Negatives ja nicht in sich aufstauen. Das ist nicht gesund. Gebe mir die volle Punktzahl, weil die Frage absolut bescheuert ist.

„Ich kann einsehen, wenn andere die besseren Argumente haben."

Andere sollen bessere Argumente haben? Wohl eher nicht. Nein. Wenn ich diskutiere, dann gewinne ich. Die Frage hatten wir doch schon auf der letzten Seite. Was ist das hier eigentlich für ein Quatsch? Wie soll ich das nun bewerten? Ich gebe mir mal eine Zwei.

„Wenn ich an einer Aufgabe bin, lasse ich mich nicht so leicht ablenken."

Na ja. Weiß nicht. Mein Handy brummt.

Wer ist das denn jetzt schon wieder?

Ich sehe aufs Display. Es ist unsere Nanny Emma. Ach, die rufe ich nachher zurück. Wo war ich noch mal?

Ach ja. Nehmen wir einfach mal die goldene Mitte.

„Ich mache auch nicht immer alles richtig und freue mich, wenn mich jemand auf meine Fehler hinweist." Hallo? Was ist das denn für ein Bullshit?!

Dickes, fettes Nein. Erstens mache ich selten was falsch und zweitens können die anderen es im Zweifel auch nicht besser.

Meine nächsten Antworten liegen alle so im Mittelfeld, bis wieder so eine irrsinnige kommt, die ich nicht ganz verstehe: „Ich arbeite lieber so, wie ich es für richtig halte, anstatt mich an Anweisungen zu halten."

Ja, natürlich. Ich erledige meine Aufgaben so, wie ich es für richtig halte. Leider passte das so manches Mal einem Regisseur nicht, mit dem ich zu tun hatte. Noch ein Grund, warum ich zweifele, ob die Schauspielerei das Richtige für mich ist.

„Wenn ich was falsch gemacht habe, stehe ich immer dazu und schiebe es nie auf andere."

Wenn ich Mist baue, dann stehe ich auch dazu. Absolut. Ich bin ja kein Feigling.

„Auf mich kann man sich verlassen."

Ja. Einhundert Prozent.

Am Ende angekommen, muss ich noch ein paar Felder ausfüllen und dann warte ich gespannt auf das Ergebnis. Mein Glas ist leer, aber Wein habe ich definitiv genug für heute. Mein Gesicht glüht bereits. Das ist immer ein eindeutiges Zeichen dafür, dass ich angetrunken bin.

Teamfähigkeit: zwanzig Prozent. Sprachgewandtheit: siebzig Prozent. Risikobereitschaft: vierzig Prozent. Organisationsfähigkeit: fünfundsiebzig Prozent.

Das ist gar nicht mal so schlecht.

Mal sehen, was die mir so vorschlagen.

Ich scrolle durch die Liste.

Immobilienmaklerin. Betriebswirtin. Handelsfachwirtin. Journalistin. Coach.

Also bin ich doch eher die Frau für die Wirtschaft. Na wunderbar. Da lag ich mit meinem Studium der Schauspielkunst wahrlich komplett daneben. Aber was sagt so ein Test schon aus?

Ich schließe das Fenster und klappe meinen Laptop zu.

Gut. Für welchen Job soll ich mich entscheiden? Es geht hier ja immer noch darum, was ich Liam erzähle, falls er mich morgen fragt.

Betriebswirtin. Ich glaube, dazu kann ich am weitesten ausholen, schließlich war ich, seit ich klein bin, schon bei tausenden Meetings meines Vaters anwesend. Ich bin quasi durch seine Schule gegangen.

Zufrieden schnappe ich mein Smartphone und rufe Emma zurück. Sie antwortet nach dem dritten Klingeln.

„Hi, Virginia, danke für den Rückruf."

„Hi, Emma, was gibt's?"

„Hier ist Post für dich, es sah wichtig aus, aus diesem Grund habe ich es geöffnet."

„Und? Was ist es?"

Ich gehe davon aus, dass es keine Rechnungen oder ähnlich langweilige Angelegenheiten sind. Um Derartiges kümmert sie sich, ohne dass sie mich deswegen anruft. Ich bin also einigermaßen gespannt.

„Eine Einladung von Yang Wu zur großen Mediengala *Wong Awards*. Ich dachte mir, darüber sollte ich dich in Kenntnis setzen. Soll ich zusagen?"

Ha, endlich habe ich doch noch eine bekommen. Als ich vor ein paar Tagen mit Granny und meinen Schwestern geredet habe, habe ich ja schon groß getönt, dass ich dort auftauchen werde.

„Klar! Vielen Dank, Emma. Da muss ich mich auf jeden Fall sehen lassen."

Leider schickt er mir die Einladung wohl eher aufgrund meines Namens anstatt meiner schauspielerischen Erfolge, aber was nicht ist, kann ja noch werden. Oder vielleicht auch nicht. Ich weiß gar nicht mehr so genau, was ich eigentlich will. Seit mein Vater diesen Gedanken mit der freien Wirtschaft in meinen Kopf gepflanzt hat, bin ich gar nicht so abgeneigt, mich tatsächlich nach anderen Jobs umzusehen. Aber trotzdem kann ich so eine Mediengala mit einer persönlichen Aufforderung von Yang natürlich nicht sausen lassen, das ist klar.

„Yang ist extrem einflussreich. Es ist sehr nett, dass er mich selbst einlädt."

Ich habe ein wenig untertrieben. Yang ist *der* Medienmogul in China mit Verbindungen nach Hollywood. Wenn man groß rauskommen will, muss man sich an ihn halten. Seine Produktionen sind weltweite Renner.

„Das freut mich für dich, Virginia."

„Ich sollte mich telefonisch bei ihm bedanken."

„Ja, auf jeden Fall. Die formelle Karte sende ich gleich zurück, ja?"

„Mach das. Danke dir, Emma."

„Brauchst du sonst noch was?"

"Ähm. Nein, vielen Dank … Ach, könntest du den Termin gleich in den Online-Kalender eintragen?"

Sie organisiert nicht nur das Privatleben meines Vaters, sie managt glücklicherweise auch das eine oder andere für uns Schwestern. Zum Glück ist das dank automatischer Synchronisation zwischen Kalendern nicht mehr besonders schwierig. Ich kann mir gar nicht vorstellen, wie ein Dasein ohne Digitalisierung stattgefunden haben muss. Für meinen Dad hat diese Art der Organisation auch den Vorteil, dass er so zumindest einen ungefähren Überblick darüber hat, wo auf der Welt wir Mädchen uns gerade herumtreiben. Dazu kommt noch, dass Emma die Reisen häufig für uns bucht – natürlich mit Daddys Kreditkarte.

"Selbstverständlich, mache ich gerne. Ähm … Virginia. Geht es dir gut? Du bist so selten hier. Habt ihr euch irgendwie gestritten?"

Hach. Ich liebe sie einfach. Obwohl sie immer nur unsere Nanny war, kennt sie uns alle so gut. Wir sind ihr wirklich wichtig.

"Ja, mir geht es prima. Ich bin bei Amélie, wir haben so viel aufzuholen. Und ich muss ein bisschen überlegen, was ich jetzt, nach dem Abschluss, mit meinem Leben anfange."

Gott, ich hasse es, sie anzulügen. Aber wenn ich ihr die Wahrheit anvertraue, müsste sie wiederum Dad anlügen und in die Lage will ich sie nicht bringen.

"Natürlich, das verstehe ich. Gut, also dann sage ich zu und halte dich nicht länger auf, ja?"

"Danke dir, Emma. Grüß schön."

Ich atme zischend aus und springe auf. Gerade eben war mir noch klar, dass die Schauspielerei vielleicht doch nichts für mich ist, und nun bin ich Feuer und Flamme, weil Yang mich höchstpersönlich zu seinem Event eingeladen hat. Wir sind uns schon ein paarmal begegnet, kennen uns aber nicht näher. Sein Einfluss könnte mir zum Durchbruch verhelfen. Ich muss es zumindest einmal ernsthaft versuchen, bevor ich das Handtuch werfe. Nur weil meine Mum mit dem Erfolg nicht klargekommen ist, muss das bei mir ja nicht so sein.

Wenn ich so darüber nachdenke, dann sind es auch zwei Paar Schuhe. Wenigstens hatte sie Erfolg.

6

ICH BIN ERNSTHAFT VERZWEIFELT. Unfassbar, welche Fetzen meine Freundin in ihrem Schrank hängen hat. Aus irgendeinem bescheuerten Grund habe ich gedacht, es wäre irgendwie cool, mir etwas von ihr für das zweite Date mit Liam auszuleihen. Angewidert halte ich eine hellblaue Bluse in den Händen, die ganz offensichtlich aus Polyester und nicht aus Seide ist. Wie kann man so was nur tragen?

Wah. Schnell zurück damit. Die Schranktüren schließe ich lautstark und komme zu der Einsicht, dass mein Auftreten als Amélie vielleicht doch nicht so authentisch sein muss. Stattdessen entscheide ich mich für eine meiner eigenen Jeans im Used-Look. Leider ist sie völlig zerknittert, weil ich den Koffer nicht ausgeräumt habe. Es ist nicht zu ändern. Lieber mit Falten als aus Plastik.

Fünfzehn Minuten später bin ich fertig gestylt und überlege fieberhaft, was sich Liam wohl für heute ausgedacht hat, als auf Amélies ehemaligem Handy eine Kurznachricht eintrifft.

Er will mir sicher schreiben, dass er sich freut, mich gleich zu sehen. Mit einem – höchstwahrscheinlich – dümmlichen Grinsen entsperre ich den Schirm und mir gefriert das Lächeln im Gesicht.

Sorry, bin verhindert. Können wir verschieben? Liam.

Der Kerl hat sie ja wohl nicht mehr alle! Er versetzt mich so kurz vor dem Date? Mich? Ich bin in meinem ganzen Leben noch nicht versetzt worden.

Mein Puls rast und ich atme gepresst. Restlos entgeistert lasse ich das Smartphone sinken und schüttele ungläubig den Kopf. Das kann er nicht ernst meinen! Und dafür habe ich mir die Haare auf große Wickler gedreht und ein zartes Sommer-Make-up aufgelegt, das so perfekt ist, dass man meint, ich wäre gar nicht geschminkt.

„Mein Lieber, das war es dann mit uns", sage ich zu mir selbst, nehme das Handy und werfe es auf den kleinen Tisch vor mir.

Ich kann es immer noch nicht fassen. Als Frau muss man heutzutage ja mit vielem rechnen, aber damit, dass man erst eingeladen und dann mit einer einfachen Kurznachricht abgekanzelt wird … Also nein!

Super! Was mach ich denn jetzt? Eigentlich war mein Plan, unfassbar guten Sex mit dem heißen Australier zu haben, und jetzt?

Diese Wohnung hier ist auf einmal viel zu klein für mich. Hier rumsitzen und Trübsal blasen werde ich jedenfalls nicht. Es gibt in einer wundervollen Stadt wie Shanghai schließlich genug zu tun, wofür ich keinen Mann brauche. So!

Zur Sicherheit nehme ich beide Smartphones mit und stopfe sie in meine Handtasche. Auch der Weg nach unten in die Lobby kann mein Gemüt nur wenig besänftigen. Mit schnellen Schritten marschiere ich am Concierge vorbei und knalle in der Drehtür beinahe mit jemandem zusammen.

„Kannst du nicht auf…", zetere ich, bis ich merke, mit wem ich da fast kollidiert wäre.

„Liam?", stoße ich völlig entgeistert aus und bemerke erst dann, dass mein Mund weit offen steht.

„Amélie", ruft er aus und lacht mich an. „Nicht so stürmisch!"

Was ist hier eigentlich los? Habe ich die SMS nur geträumt, oder wie?

Er mustert mich und neigt den Kopf ein wenig.

„Aha. Mein Scherz ist nicht sonderlich gut bei dir angekommen?"

„Scherz? Was meinst du?"

„Hast du meine zweite Nachricht nicht bekommen?"

„Zweite Nachricht?", wiederhole ich leicht dümmlich.

Seine Gesichtszüge verfinstern sich. „Hast du nicht …?"

Ich atme hörbar aus und fische in meiner Handtasche verzweifelt nach Amélies Smartphone. „Keine Ahnung. Moment mal."

Tatsächlich. Da ist eine zweite Mitteilung von Liam.

Amélie. Nur ein Witz, bin gleich da, verspäte mich etwa fünf Minuten. Freue mich auf dich. xoxo

Ich sehe vom Display in sein hübsches Gesicht. Liams blaue Augen sind auf mich gerichtet und er schaut schuldbewusst drein.

„Du bist sauer auf mich", stellt er zerknirscht fest und reibt sich über sein unrasiertes Kinn. Ja, ich bin stinkig. Ich hatte eben fast einen durch Wut verursachten Herzinfarkt, verdammt noch mal!

Okay, Virginia, jetzt zeig mal, was du auf der Schauspielschule gelernt hast.

„Liam", flöte ich und lache spitz auf, „ich bin doch nicht sauer."

Hm. Das war nicht so gut. Gegenwärtig gibt es nur noch eine Möglichkeit, wie ich die Situation retten kann. Ich lasse meine Handtasche zu Boden sinken. Langsam trete ich einen Schritt näher und ziehe ihn an seinem T-Shirt zu mir. Dabei lasse ich ihn keine Sekunde aus den Augen. Als er begreift, was ich vorhabe, weiten sich seine Pupillen und seine Mundwinkel biegen sich ein wenig nach oben.

Ich stelle mich trotz Pumps auf die Zehenspitzen und küsse ihn zärtlich. Meine Lippen berühren seine kaum. Sanft gleitet meine Zunge über seinen sinnlichen Mund. Es scheint ihm zu gefallen, denn er legt seine Hände auf meine Taille und zieht mich enger an seinen durchtrainierten Körper. Jesus, ich hatte fast vergessen, wie knackig dieser Australier ist. Nein, hatte ich natürlich nicht.

Ich könnte ihn stundenlang abknutschen. Er schmeckt so gut, es fühlt sich himmlisch an, mich so eng an ihn zu schmiegen. Aus dem zarten Kuss ist längst ein leidenschaftlicher geworden, der nach mehr schreit.

Aber halt. Noch nicht.

Behutsam schiebe ich ihn von mir. „Wollen wir?", frage ich so unschuldig wie möglich und blicke unter halb geschlossenen Lidern zu ihm auf. Liam sieht ein wenig derangiert aus, was mich unglaublich freut.

Er fährt sich durch die Haare und schluckt. „Mein Gott, Amélie. Du weißt, wie man einen Mann aus der Fassung bringt ..." Dann hebt er meine Tasche vom Boden auf und verschränkt unsere Finger ineinander.

Ich lache kurz, bin aber selbst mit meinem klopfenden Herzen beschäftigt. Es hämmert, als wäre ich vier Stockwerke nach oben gesprintet.

„Was haben wir heute vor?", erkundige ich mich, nachdem wir in seine Limousine gestiegen sind. Die Erinnerungen an unsere letzte gemeinsame Autofahrt lösen ein Kribbeln auf meiner Haut aus. Ob er es noch einmal mit mir tun wird?

„Ich dachte, ich würde gerne ein wenig mit dir im Yu Yuan Garden spazieren gehen und vielleicht was trinken für den Anfang?"

Ich hebe eine Augenbraue und sehe ihn von der Seite an. „Für den Anfang?"

Er lacht und lehnt sich ins kühle Leder zurück. „Du bist so herrlich anders, Amélie. Das mag ich so an dir."

Ich bin mir nicht sicher, was er meint, aber es klingt ... gut. Ich habe ja keine Ahnung, mit wem er sich sonst so trifft, dass ich so anders sein soll. Eigentlich möchte ich auch gar nicht wissen, mit wem er außer mir noch so unterwegs ist. Die Vorstellung, ihn mit einer anderen Frau zu sehen, gefällt mir irgendwie nicht und ich weiß gleichzeitig, dass es total albern ist. So bin ich nun mal. Liegt möglicherweise an meinem Sternzeichen, was weiß ich. Teilen ist auf jeden Fall absolut nicht mein Ding. Löwe-Frauen sind da wohl recht speziell, sagt man und dem widerspreche ich nicht.

„Wie war dein Termin?", wechsele ich das Thema.

„Sehr gut. Und du, hattest du noch einen ... entspannten Abend?" Er sieht mich vielsagend an und ich fürchte, dass ich ein bisschen rot werde. Mir ist auf einmal ziemlich heiß geworden.

„Könnte man sagen. Du hattest demnach einen *spannenden* Abend?", entgegne ich und wackele dabei anzüglich mit den Augenbrauen.

„Haha. Ja, vielleicht. Ein wenig. Ein wenig viel. Ich musste immerzu an dich denken." Er nimmt meine Hand in seine und streicht mit dem Daumen über meinen Handrücken. Ich muss schlucken und eine Gänsehaut breitet sich auf meinem gesamten Körper aus. Er schafft es, mit so einer zarten Berührung kleine Schauer an meiner Wirbelsäule rauf und runter zu jagen. Das ist einzigartig und elektrisierend.

„Ich habe geschlafen wie ein Baby", teile ich ihm so locker wie möglich mit und blicke ihm tief in die Augen. Dieses Blau, fällt mir immer wieder auf, ist so intensiv, dass ich mich darin für alle Zeit verlieren könnte. Mein Herzschlag ist leider absolut nicht ruhig. Im Gegenteil, mein Puls rast geradezu. Und natürlich habe ich die halbe Nacht wachgelegen und an ihn gedacht. Aber das muss er ja nicht wissen.

„Das ist schön", erwidert er. „Hast du Lust auf einen Spaziergang? Wir sind gleich da."

Ich schaue aus dem Fenster und stelle fest, dass wir tatsächlich schon am Ziel sind. „Das ging ja schnell."

Liam steigt aus, ohne auf die Hilfe von seinem Fahrer zu warten. Das macht ihn sympathisch. Obwohl er anscheinend ziemlich neureich ist, lässt er es nicht so raushängen. Hoffentlich bewahrt er sich diese Lässigkeit über die Zeit. Da habe ich schon zu viel Negatives gesehen. Es ist anders, wenn man mit der Realität aufgewachsen ist, dass Geld keine Rolle spielt, als wenn man zu plötzlichem Reichtum kommt.

„Was ist?", fragt er mich und wirft dann die Autotür hinter mir zu.

„Äh. Nichts. Alles bestens. Wollen wir?"

Jeez. Wann genau bin ich eigentlich zur Grüblerin mutiert? Ich schiebe mir eine Haarsträhne hinters Ohr und sehe zu ihm auf. Er steht vor mir und ich kann seinen frischen, männlichen Duft inhalieren.

„Soll ich dich küssen oder mit dir flanieren?" Er grinst mich an und seine Augen blitzen verräterisch.

Was für eine blöde Frage. Ich würde ihn am liebsten die ganze Zeit abknutschen. Immer und immer wieder. Aber so einfach will ich es ihm nicht machen.

„Wie, du kannst keine Gedanken lesen?", scherze ich und halte seinem Blick stand. Liam legt daraufhin eine Hand in mein Haar und ich bin mir sicher, dass ich vor ihm zerfließe, wenn er nicht bald damit aufhört, mich dabei so anzusehen.

„Ein Kuss", haucht er leise und drückt seine Lippen auf meine.

„Na endlich", murmele ich und erwidere dann die zärtlichen Schläge seiner Zunge. Ich seufze leise auf und ergebe mich. Wer will schon spazieren gehen, wenn man so einen Mann dabeihat?

Viel zu schnell endet dieser Kuss. Liam atmet hörbar aus. „Lass uns mal ein wenig laufen, sonst denkst du, dass ich nur das eine von dir will."

Also, *ich* will nur das eine von ihm. Einen One-Night-Stand und dann sehen wir uns nicht wieder.

„Ja, gut." Wir schlendern Hand in Hand, fast wie ein echtes Pärchen, durch die aufwendig gestaltete Parkanlage. „Weißt du eigentlich, dass es diese Gärten seit fast fünfhundert Jahren gibt?"

„Echt?", fragt er. „Krass."

„Ja, hab ich mal gelesen. Sehr viel mehr weiß ich leider auch nicht darüber, nur dass sie seit den Achtzigern zu den geschützten Denkmälern Chinas gehören."

„Gott sei Dank. Es ist ja wirklich schön hier."

Ich habe keine Ahnung, worüber ich mit ihm reden soll. Es ist ja nicht so, dass wir uns ernsthaft kennenlernen wollen. Ich jedenfalls nicht.

Wir gehen einen Moment schweigend nebeneinanderher, wobei ich mir seiner Nähe allzu bewusst bin. Meine Finger liegen in seinen und es fühlt sich, so wie gestern, phantastisch an.

Der Himmel ist, wie in Shanghai so oft, grau und man kann das Blau nur erahnen. Das ist etwas, das man akzeptieren muss, wenn man hier lebt. Umso mehr genieße ich die wenigen Tage, an denen man den Horizont sehen kann. Aber man wird hier nie diesen intensiven Blauton erleben wie in den Bergen. Leider. Dafür ist es hier im Yu-Yuan-Park sehr hübsch. Der Garten ist wunderschön. Die vielen Blumen erblühen schon jetzt in den schillerndsten Farben und die Sonne spiegelt sich im künstlich angelegten See wider.

„Lust auf einen Tee?", unterbricht Liam meine Gedankengänge.

Er ist so ein Gentleman. Vermutlich hat er bemerkt, dass ich wieder hohe Schuhe trage und somit nicht gerade für stundenlange Wanderungen gerüstet bin. Natürlich bin ich es gewohnt, darin zu laufen, aber der Weg ist etwas uneben und eine Erfrischung ist auch keine so schlechte Idee ...

„Ja, warum nicht. Das Teehaus da vorne ist ganz schön. Warst du schon mal dort?"

„Nein, bisher hatte ich kaum Zeit für Sightseeing."

Ich sehe ihn mit gerunzelter Stirn an. „Seit wann lebst du noch mal hier?"

Er winkt ab und zuckt mit den Schultern. „Keine Ahnung, vielleicht hatte ich bislang einfach keine so nette Begleitung, mit der ich Lust gehabt hätte?"

„Du alter Charmeur!", entgegne ich lachend, aber irgendwie schmeichelt es meinem Ego doch.

Wenig später sitzen wir in dem traditionellen chinesischen Teehaus und stärken uns mit Jasmintee. Liam rührt mit einem kleinen Löffel in seiner Tasse. „So, Amélie. Erzähl mir mehr von dir."

Ich wusste es. Natürlich würde er irgendwann Fragen stellen. Es ist normal, dass das passiert, trotzdem hatte ich gehofft, wir würden noch eine Weile etwas ... unverbindlicher bleiben.

„Wieso, was willst du wissen?"

„Wie kommt es denn, dass du dich hier überall so gut auskennst?"

„Ich habe ja schon mal gesagt, dass ich hier quasi aufgewachsen bin."

„Ja, richtig. Was macht deine Familie? Hast du Geschwister?"

„Huch, das artet ja unmittelbar in Inquisition aus." Ich lache nervös und trinke einen Schluck. „Ich habe Schwestern, keinen Bruder. Und wir machen alle irgendwie verschiedene Sachen."

Das ist nicht gelogen und ich bin ein bisschen stolz auf mich, dass ich es geschafft habe, etwas zu sagen und nicht zu viel von mir preiszugeben. Vielleicht sollte ich es mal in der Politik versuchen, wenn das mit der Schauspielerei nichts wird.

„Okay", antwortet er langgezogen. „Und was machst du so, wenn du dich nicht gerade mit mir triffst?"

Ich muss immerzu seine breiten Schultern anstarren, vor allem wenn er mir so direkt gegenübersitzt wie im Augenblick. Der dünne Stoff seines T-Shirts schmiegt sich an seine Muskeln und ich würde liebend gern über seine Brust streichen, um zu prüfen, ob sie sich auch so hart anfühlt, wie sie aussieht.

Gott. Ich sabbere ja gleich.

„Amélie?"

„Äh, was?"

„Du träumst ja", lacht er. „Was du beruflich machst, habe ich gefragt."

„Ich, ähm, orientiere mich aktuell neu. Jetzt haben wir ja wohl genug von mir gequatscht. Was du machst, hast du ja gesagt. Was hat dich nach Shanghai verschlagen?"

„Ich bin so was wie ein moderner Nomade. Ich lebe hier und da, momentan etwas mehr hier."

Das wusste ich ja dank meiner Google-Befragung bereits, aber ich kapiere noch nicht so ganz, wie er wirklich lebt, was es mit diesem Nomadentum auf sich hat.

Ich ziehe die Nase kraus. „Was? Willst du mir sagen, du hast kein Zuhause?"

Er zuckt mit den Schultern. „Ich besitze nicht zehn Immobilien irgendwo verstreut auf der Welt, wenn du das meinst."

„Ah. Okay. Ich dachte ja nur, weil ..."

„Weil ich ein Internetmillionär bin?"

Ich senke schuldbewusst den Blick. Na ja. Dass ich ein bisschen nachgeforscht habe, dürfte ihm auch klar sein.

„Verstehe schon", sagt er ruhig und mustert mich intensiv. „Mein Name ist dir also mittlerweile ein Begriff."

Ich nicke.

„Und? Was denkst du über Liam Granger?", hakt er weiter nach.

Ich sehe ihm in die hübschen blauen Augen. „Ich finde, Liam Granger ist ein sehr netter Kerl – soweit ich ihn bisher kennengelernt habe, natürlich. Was weiß ich, was du mit deiner Zahnpastatube machst?" Meine Mundwinkel zucken leicht.

„Puh. Da bin ich aber beruhigt." Er nimmt meine Hand wieder in seine. „Weißt du was, Amélie?" Ich fahre leicht zusammen. Noch immer habe ich mich nicht daran gewöhnt, dass ich nicht als Virginia unterwegs bin, und so langsam wird es unangenehm. Ich muss mir noch einmal selbst vergegenwärtigen, dass ich ihn nach dem heutigen Tag sowieso nie wiedersehen werde, also ist es egal, ob er mich Amélie oder irgendwie sonst nennt.

„Was?", frage ich und muss schwer schlucken, weil mein ganzer Arm prickelt. Er muss mich nur anfassen und ich vibriere.

„Ich mag dich." Ich schlucke erneut. Was wird das hier eigentlich? „Schon als ich dich auf der Terrasse gesehen habe, wie du da standst, komplett in Schwarz gekleidet, mit der Maske, die dein Gesicht verdeckte, und den sanft im Wind wehenden Locken, da hast du mich fasziniert."

Das geht mir alles ein wenig zu schnell – in die falsche Richtung. Ich will etwas Unverbindliches ...

„Liam, das erzählst du doch sicher jeder Frau, die du kennenlernst. Bei einem Mann wie dir stehen die Damen bestimmt Schlange, oder etwa nicht?"

Er sieht mich noch einmal an und sein Gesichtsausdruck verändert sich. Wo eben noch Wärme von ihm ausging, ist seine Stimmung merklich abgekühlt. „Das kann sein. Ja. Offen gesagt, sie stehen Schlange, ja. Aber sie wollen nicht mich. Sie wollen jemanden, der ich nicht bin. Bei dir, da war es anders, Amélie. Du hast mich damals auf der Terrasse nicht mal nach meinem Namen gefragt, weil es dich – glaube ich – nicht interessiert, ob du einen Typen mit Geld triffst oder ohne. Ich hatte das Gefühl, wir haben uns auf einer ganz anderen Ebene sofort verstanden. Es gibt eine Sache, die ich so an dir mag, das ist, dass du so vollkommen offen und ehrlich zu mir bist. Du sagst einfach freiheraus, was du denkst. Das ist ... schön."

Ach du meine Güte.

Mein Herz rast schon wieder. Ich bin entsetzt.

Das geht ja vollständig in die Binsen. Von wegen etwas unverbindlicher Sex und so. Was Liam zu mir sagt, klingt so, als ob ...

„Nein!", rufe ich aufgebracht und entziehe ihm ruckartig meine Hand.

„Was?" Er sieht schockiert aus. Ich sicherlich auch. Allerdings aus unterschiedlichen Gründen. „Was ist, Amélie? Habe ich was Blödes gesagt?"

„Liam ..." Ich muss mich schnellstens beruhigen. Es kommt mir vor, als ob ich hechele wie eine Gebärende in den Presswehen. „Das geht mir alles zu schnell. Versteh mich nicht falsch, aber … Wir kennen uns doch überhaupt nicht …"

„Eben", unterbricht er mich. „Deswegen sind wir ja hier. Um uns besser kennenzulernen. Du hast recht. Ich falle mit der Tür ins Haus." Er grinst schuldbewusst.

Ich atme stoßartig aus, alle Luft entweicht dabei aus meinen Lungen.

„Gehen wir einen Schritt zurück, ja? Vergiss, was ich gesagt habe. Okay, wo waren wir?"

Er zieht etwas Geld aus der Tasche und legt es als Bezahlung für den Tee auf den Tisch. „Lass uns noch mal anfangen und streiche die letzten fünf Minuten, ja?"

Ich nicke, meine Gedanken kreisen allerdings leider weiter darum.

Gemeinsam verlassen wir das Teehaus und schlendern durch den Park zum Ausgang. Liam telefoniert kurz, um seinem Fahrer zu sagen, wo er uns abholen soll.

„Soll ich dir zeigen, wie ich lebe?", fragt er mich und ich bin einmal mehr überrascht. Das scheint ja langsam zum Dauerzustand zu werden.

„Ja, gerne!" Vielleicht wird mich das auf andere Ideen bringen, wenn wir endlich allein und ungestört sind.

„Cool. Das wird dir die Illusionen über den Internetmillionär rauben", lacht er.

„Wieso? Lebst du in einer WG mit drei Kerlen wie in der Serie *Big Bang Theory*?"

Sein raues Lachen ist so ansteckend, dass ich selbst kichern muss. „Nicht ganz. Aber materieller Besitz ist mir nicht so wichtig."

„Warum machst du das dann alles? Ein bisschen was hast du ja schon davon, also von deinem Erfolg, meine ich. Hortest du es alles auf deinem Konto?"

Wir erreichen den Wagen nach einigen Minuten. Liam hält mir die Tür auf und steigt nach mir ein. „Ich tue das, was ich tue, aus Überzeugung. Ich glaube fest daran, dass meine Generation – unsere Generation – heute andere Lösungen braucht als diejenige unserer Eltern. Und wie man sieht, funktioniert es. Natürlich würde ich lügen, wenn ich abstreite, dass mir das Geld nicht eine gewisse Sicherheit gibt, Amélie. Ein Haus am Strand … erfüllt nicht diesen Zweck. Jedenfalls muss ich es nicht kaufen, um glücklich zu sein."

„Ich muss zugeben, ich weiß nicht so genau, was du wirklich tust, Liam. So genau hat Google mich dann doch nicht informiert."

„Nicht? Ich dachte, man kann heutzutage alles über das Internet herausfinden. Vielleicht hast du nicht gut genug gesucht?"

Er zwinkert mir spitzbübisch zu und ich gebe ihm einen leichten Klaps auf den Arm. „Ja, unter Umständen. Möglicherweise wollte ich ja, dass *du* mir erzählst, was du so treibst."

„Siehst du, Amélie. Genau das meine ich. Ich finde es wirklich toll, wie du die Dinge angehst." Er zieht mich entschlossen zu sich. „Nicht nur deswegen möchte ich dich immerzu küssen."

Ich möchte ihn auch ununterbrochen knutschen. Das ist ja das Schlimme. Oder das Schöne. Ich weiß noch nicht. Meine gefälschte Identität gibt mir die Möglichkeit, einfach zu tun und zu lassen, was ich will. Gleichwohl sich mein Gewissen langsam meldet. Zudem nervt es mich, dass er mich Amélie nennt. Aber er weiß es ja nicht besser. Nun ist es zu spät, aus der Nummer komme ich nicht mehr unbeschadet raus.

„Dann küss mich doch", schlage ich ihm unter halb geschlossenen Lidern vor. Ich habe keine Lust mehr, über meine kleine Lüge nachzudenken, sondern plane, die Zeit mit ihm ganz anders zu nutzen. Aus dem Grund bin ich ja schließlich mit ihm hier.

„Nicht so schnell, meine Liebe. Gestern hier auf der Rückbank ..." Er sieht mich mit glühendem Blick an. „Das war ... atemberaubend. Ich will nicht, dass du denkst, es ginge mir nur darum."

O Mann. Ich muss ein Augenrollen unterdrücken. Wieso musste ich ausgerechnet an einen Heiligen geraten? Das gibt's doch nicht!

7

„NA, WAS SAGST DU?", fragt mich Liam schief grinsend.

Seine Wohnung ist … klein.

„Schön hast du es hier!" Sie ist nicht viel größer als Amélies Bude, allerdings wenigstes etwas moderner eingerichtet. Wir gehen zum Fenster und ich bin auf die Aussicht gespannt.

„Du hast einen Jacuzzi?", sage ich und sehe ihn erstaunt an. Meine Freundin hat natürlich keine Dachterrasse mit einem Whirlpool. Ein bisschen Luxus scheint mein Australier ja doch zu mögen.

„Ja." Er grinst noch etwas breiter als zuvor.

„Nett!", kommentiere ich anerkennend.

Ich öffne die Tür zur Terrasse und gehe hinaus. Ich stelle mir vor, wie das Ganze bei Nacht wirken würde. Langsam bewege ich mich auf die Brüstung zu und lehne mich leicht dagegen. Ich spüre Liams Nähe, bevor er mich berührt. Vorsichtig umarmt er mich von hinten und raunt an meinem Ohr: „Genießt du das Panorama?"

„O ja", seufze ich und erschaudere. Meine Augen sind geschlossen, weil mich der Ausblick momentan herzlich wenig interessiert. Er steht so dicht hinter mir, dass ich sein Aftershave riechen kann. Seine Finger fahren an meinem Hals entlang, sanft, aber bestimmt. Sie bahnen sich ihren Weg über die Schlüsselbeine an den Rand meiner Bluse. Ich umklammere immer noch das Geländer, das ich jetzt doch brauche, um nicht den Halt zu verlieren. Liam knabbert an meinem Ohrläppchen und ich höre und merke, dass auch er schneller atmet. Es geht nicht nur mir so, das ist gut. Ich lege meine Hand auf seinen Oberschenkel und genieße es, in seiner Umarmung gehalten zu werden. Die Chemie zwischen uns stimmt irgendwie. Man kann nichts anderes sagen. Langsam drehe ich mich zu ihm um und biete ihm meine Lippen zum Kuss.

Er greift in mein Haar und hält einen Moment inne. „Du machst mich vollkommen verrückt, weißt du das eigentlich?" Seine Stimme klingt heiser und mein Magen fährt Achterbahn.

Meine Hände schieben sich unter sein Shirt. Liam zieht zischend die Luft ein und seine Bauchmuskeln spannen sich unter meiner Berührung an. „Frau, du weißt genau, was du tust, nicht?"

Ich lache leise und ziehe ihn an mich. „Ich weiß nicht, wovon du sprichst."

„Sollte ich dir nicht erst einmal etwas zu trinken anbieten?" Er tritt einen Schritt zurück.

„Ja, na gut", sage ich und bin ein bisschen enttäuscht, was ich ihn jedoch nicht spüren lasse.

„Was möchtest du?"

„Was hast du da?"

„Du spielst gerne Katz und Maus, nicht?"

„Äh, wieso?"

Wir müssen beide lachen. „Komm, setz dich." Er zeigt auf einen der beiden Stühle und verschwindet dann, um nach wenigen Sekunden mit einer Flasche Champagner und zwei Bechern zurückzukommen.

„Oha!", entfährt es mir. Immerhin nicht so ein billiger Prosecco. Aber Plastikbecher?

„Sieht so aus, als müsste ich mir mal Gläser zulegen." Er scheint meine Reaktion bemerkt zu haben.

„Sieht so aus", echoe ich und nehme erst jetzt Platz. Ich überschlage meine Beine und beobachte ihn, wie er zunächst die Plastikdinger abstellt und den Draht um den Korken ablöst.

„Hast du immer Bollinger für zufällig auftauchenden weiblichen Besuch im Kühlschrank?", rutscht es mir heraus. Was ist eigentlich los mit mir? Es kann mir doch total egal sein …

Ist es aber nicht.

Er lässt die Flasche sinken, sieht mich kurz irritiert an und prustet dann los. „Kätzchen, es gefällt mir, wenn du eifersüchtig bist."

„Ich? Eifersüchtig? Du spinnst ja. Das war eine rein hypothetische Frage."

„Ja, klar", meint er lässig und drückt den Korken hoch, der sich mit einem „Plopp" löst. Wenige Sekunden später sprudelt der Champagner aus dem Flaschenhals. Geschickt hält er erst einen und dann den zweiten Becher darunter, sodass kaum ein Tropfen verloren geht.

„Nicht schlecht." Ich nicke anerkennend.

Liam nimmt auf dem Stuhl neben mir Platz und reicht mir meinen Drink.

„Bitte schön. Und zu deiner Frage: Nein, du bist die erste Frau, die ich mit herbringe."

Ich verschlucke mich, obwohl ich noch gar nichts getrunken habe, und muss husten.

„Wie bitte?" Ich muss mich verhört haben.

„Es sieht vielleicht nicht so aus. Keine Ahnung, was denkst du denn? Was hat dir die Suchmaschine ausgespuckt? Ich google mich nicht so häufig selbst", sagt er und wirkt dabei sogar etwas schüchtern, was ich süß finde. „Für Eskapaden habe ich außerdem keine Zeit und ehrlich gesagt auch ... gar kein Interesse daran. Cheers."

„Du lebst also üblicherweise im Zölibat?"

„So ungefähr. Ja."

Ich rolle mit den Augen. „Komm, verarschen kann ich mich selbst. Es ist okay, Liam. Du bist mir doch keine Rechenschaft schuldig. Cheers."

Wir trinken und er schaut mich dabei mit unergründlichem Blick an.

Hm. Soll ich? Oder soll ich nicht.

Ich nehme noch einen Schluck. Der eisgekühlte Bollinger ist herrlich fruchtig und das Prickeln in meinem Mund ist göttlich.

Ich stelle meinen Becher ab und stehe langsam auf, greife nach Liams Champagner und trinke davon, bevor ich seinen ebenfalls wegstelle.

Er schluckt und seine Pupillen weiten sich, als er begreift, was ich vorhabe. Ruhig, aber hoffentlich geschmeidig klettere ich rittlings auf seinen Schoß und nehme sein Gesicht zwischen meine Finger. „Sind alle Australier solche Gentlemen? Ich dachte immer, ihr Buschmänner wärt ungehobelte Klötze ..."

Liam legt seine Hände auf meine Taille und lächelt.

„Zu viel Gentleman, sagst du? Du möchtest es also ein wenig ... verspielter?", fragt er mich und mein Magen zieht sich nervös zusammen.

„Vielleicht", necke ich ihn und dann küsse ich ihn.

Ich bin echt nicht schüchtern, aber so was habe ich trotzdem noch nie gemacht. Ich bin ziemlich aufgeregt. Mir bleibt allerdings nicht viel Zeit, um darüber nachzudenken. Denn Liams Zunge, seine Lippen und seine Hände fordern meine ganze Aufmerksamkeit. Innerhalb kürzester Zeit habe ich vergessen, wie ich wirklich heiße, und kann nur noch daran denken, dass uns viel zu viel Stoff voneinander trennt. Wir küssen uns leidenschaftlich und mit vollem Körpereinsatz. Endlos lange versinken wir ineinander und sein Stöhnen an meinem Mund zeigt mir, dass er ebenso erregt ist wie ich. Ich will mit ihm schlafen.

Jetzt sofort.

Er öffnet geschickt den Verschluss meines Spitzen-BHs und streicht an meiner Wirbelsäule entlang. Ich greife nach dem Saum seines Shirts und ziehe es ihm ungeduldig über den Kopf. Dafür müssen wir unsere Lippen kurz voneinander lösen. Kurz sehen wir uns an, dann platziere ich meine Hände auf seinem Oberkörper. Er fühlt sich genauso gut an, wie er aussieht.

Er will gerade etwas sagen, aber ich habe Angst, dass er mich gleich wieder Amélie nennen könnte, deswegen lege ich ihm meinen Zeigefinger an die Lippen. „Sch. Nicht reden. Küss mich." Ich bringe ihn höchstpersönlich mit meinem Mund zum Schweigen. Ich habe keine Ahnung, wie lange wir so heftig auf seiner Dachterrasse knutschen, bis eine schrille Tröte ertönt.

Verdammt. Nein!

Ich versteife mich deutlich und Liam bemerkt, dass etwas nicht stimmt.

„Was?", fragt er mit belegter Stimme.

„Telefon", stammele ich. „Mein Handy. Ich muss da …", ich klettere umständlich von seinem Schoß, „… kurz rangehen. Bin gleich wieder da. Rühr dich nicht von der Stelle, ja?"

Er sieht mir nach, ich kann seinen Blick auf mir spüren. Ich renne – auf meinen Pumps – zu meiner Tasche und fische nach dem blöden Smartphone.

„Dad", sage ich so leise wie möglich, aber doch laut genug, dass er nicht sofort misstrauisch wird.

„Wo steckst du, Virginia? Sind wir heute nicht zum Abendessen verabredet?"

Abendessen? Was?

„Wie bitte?"

„Schaust du nie in deinen Kalender, Sweetheart?"

Ich atme hörbar aus und sehe flehend an die Decke. Das darf doch wohl nicht wahr sein.

„Doch, natürlich, es ist doch erst …", ich schaue auf die Uhr auf dem Display, „… kurz nach sechs."

Verdammt. Genau genommen hätte ich um sechs dort sein müssen, das ist mir komplett durchgerutscht.

„Eben. Soll ich dir einen Wagen schicken?"

„Nein, nein, bin sowieso schon fast da."

„Sweetheart, bist du nicht. Das wissen wir doch beide. Ich erwarte dich also in Kürze, trödle bitte nicht noch länger. Bis gleich."

Ich will gerade etwas antworten, als ich bemerke, dass er bereits aufgelegt hat. Der alte Tyrann. Meine Güte, mein Dad hat ein Timing. Ich stöhne theatralisch auf und schiebe das Handy zurück in die Handtasche.

Liam lehnt am Türrahmen. „Probleme?", fragt er mich und ich stelle fest, dass ihm unsere kleine Knutscherei sehr gefallen hat. Die Ausbuchtung in seiner Jeans ist nicht zu übersehen.

„Hm. Wie man es nimmt. Ich hab ein kleines Terminproblem", gebe ich, noch immer völlig verwirrt, zu und verringere den Abstand zwischen uns, indem ich mich auf ihn zubewege.

„Das heißt?" Er runzelt die Stirn und vergräbt die Hände in den Taschen seiner Hose.

„Familienessen. Ich habe vergessen, dass heute ein Essen bei uns zu Hause geplant war. Ist. Ach verdammt, du weißt schon."

Ich nehme seine Hand, ziehe sie aus der Hosentasche und blicke zu ihm auf.

„Hey, das ist doch kein Problem. Ich habe sowieso Hunger. Ich komme einfach mit, dann lerne ich deine Familie gleich kennen."

Ich beäuge ihn und pruste los. „Guter Witz, du hast echt einen guten Humor."

Sein irritierter Gesichtsausdruck lässt mich einen Augenblick verstummen.

„Kein Scherz?", frage ich und er schüttelt den Kopf.

Das kommt überhaupt nicht infrage. Dann kann ich mich auch genauso gut erschießen.

Denk nach, Virginia. Denk nach. Warum kann er nicht mitkommen?

„Hast du nachher kein Meeting mehr?" Ich schaue ihn hoffnungsvoll an.

„Nein, ich habe extra alles abgesagt, damit ich Zeit für dich habe."

Es gibt keinen anderen Ausdruck für diese Situation als „peinlich".

Ich will ihn nicht vor den Kopf stoßen, aber mitnehmen werde ich ihn keinesfalls. Das geht gar nicht. Ich würde ihn so früh nicht mal meiner Sippe präsentieren, wenn ich ihm die Wahrheit über mich gesagt hätte.

Okay, Virginia, welchen Grund könnte es geben, warum er nicht mitkann?

Er sieht mich weiter fragend an und lehnt sich jetzt mit diesem speziellen Blick an den Rahmen seiner Terrassentür, ohne mich dabei aus den Augen zu lassen.

Eins muss ich zugeben: Ich kenne keinen Kerl, der eine Erektion so cool übergehen würde wie Liam.

Fokus, Virginia, ermahne ich mich selbst. Das Schweigen zwischen uns ist ohrenbetäubend.

„Also, ähm", stammele ich, „ich weiß nicht, wie ich es sagen soll …"

Seine versteinerte Mimik ist bestenfalls als resigniert zu bezeichnen.

„Ich bin dir peinlich?", hilft er mir auf die Sprünge.

Ich sehe ihn für einen Moment entgeistert an, dann lache ich los. „Liam, um Himmels willen. Natürlich nicht. Das ist es nicht."

„Okay, gut. Immerhin", meint er und vergräbt seine Hände wieder in den Hosentaschen seiner Jeans.

„Die Sache ist folgende", fange ich an und trete nervös von einem Fuß auf den anderen. „Das ist jetzt nicht leicht für mich, weißt du …"

„Ich höre …"

„Ja, ähm. Liam. Meine Familie, ich, du …"

Dass es jemals so schwierig sein könnte, einen zusammenhängenden Satz herauszubringen, hätte ich nicht gedacht. Ich räuspere mich erneut. „So, Liam. Also, ich sag es einfach, wie es ist. Dann ist es raus."

„Du hast einen Freund?", unterbricht er mich.

„Was? Nein. Quatsch."

Er atmet erleichtert aus. „Gut, ich dachte schon. Du hast dich ja manchmal so komisch verhalten."

Hey, Moment mal. Das ist doch gut. Perfekte Idee.

„Aber so ähnlich. Ich bin noch nicht so lange von meinem, äh, Ex getrennt und ich würde lieber erst mal herausfinden, was das zwischen uns ist, bevor ich dich mit zu meiner Familie nehme. Die können nämlich sehr ... anstrengend sein. Weißt du?"

Liam nimmt die Hände aus den Hosentaschen und kommt einen Schritt auf mich zu. „Natürlich, wie dumm von mir. Sorry. Ich gehe ja immer davon aus, wie es bei uns zu Hause läuft. Ich habe ein super Verhältnis zu meiner Mutter. Wenn es bei dir etwas angespannt ist, warten wir damit. Klaro. Kein Ding."

„Echt jetzt? Kein Problem?"

„Nein, überhaupt nicht." Er legt seine Finger an meine Wange und ich schmelze dahin. Schon wieder.

„Kann ich dich nachher anrufen? Vielleicht können wir uns ja morgen ...?"

Wir sehen uns für einen Moment schweigend an, er scheint nachzudenken. Dann schüttelt er den Kopf. „Scheiße."

„Was ist?"

„Ich muss für zwei Tage nach Hongkong. Diese Termine kann ich nicht absagen."

Auch wenn es albern ist, bin ich enttäuscht. Es kann doch nicht so schwer sein, einen One-Night-Stand zu haben. Ich bin eine Versagerin.

„Aber warte mal, komm einfach mit! Verbinden wir das Nützliche mit dem Angenehmen!"

„Ja. Das klingt super!" Es ist perfekt! Er und ich in einer anderen Stadt.

Hongkong.

Shit. Doch nicht so gut. Wir müssten dahin fliegen und ich habe keinen Pass mit Amélies Namen.

Bis mein Gehirn die Info wirklich verarbeitet hat, habe ich schon zugesagt. Wie komme ich aus der Nummer wieder raus? Okay. Ich könnte ihm jetzt die Wahrheit über mich sagen, aber dann würden wir sicher nicht mehr zusammen irgendwohin reisen. Außerdem will ich nicht, dass er weiß, dass ich eine Prescott bin. Das würde mal wieder alles verändern. Die schöne Leichtigkeit wäre hinüber. Manchmal ist dieser Name ein Fluch.

„Perfekt, dann buche ich noch einen Flug für dich. Fehlt nur noch eines."

Mein Nachname, ich weiß.

„Was denn?", frage ich, als hätte ich keine Ahnung.

„Dein Nachname."

Yep, ich weiß.

„Äh, wann geht denn dein Flug?", versuche ich mich vor einer Antwort zu drücken.

„Gleich morgens, um halb acht."

Ich sehe kurz nach oben, als ob ich überlegen müsste. Das ist meine einzige Chance. „Ach ,so früh schon? Da kann ich leider noch nicht. Hey, wie wäre es, wenn ich einfach nachkomme?"

Liam nimmt meine Hand und drückt einen Kuss auf meine Handfläche.

„Ja, klar." Er zückt sein Handy und sieht mich wieder erwartungsvoll an. „Deinen Nachnamen, damit ich den Flug buchen kann?"

„Liam, es tut mir leid, ich muss wirklich dringend los. Mein Vater köpft mich, wenn ich nicht pünktlich bin. Er ist da sehr ... eigen."

„Ja, gut. Dann texte mir alles, damit ich das für dich erledigen kann, okay?"

Ich stelle mich auf die Zehenspitzen und hauche ihm einen kurzen Kuss auf den Mund. „Ich kümmere mich darum, du hast doch sicher viel zu tun. Schreib *du* mir, zu welchem Hotel ich kommen soll. Okay?"

Liam runzelt die Stirn. „Dann gebe ich dir aber meine Kreditkarte. Ich will dich einladen."

Ich erstarre, neige meinen Kopf und muss ihn ziemlich schockiert anstarren, denn er rudert sofort zurück.

„Keine gute Idee?"

„Liam, ich bitte dich. Ich bin eine eigenständige, erwachsene Frau. Ich kann selbst für meine Kosten aufkommen." Es geht ihn ja nichts an, dass mein Dad meine Reisen bezahlt.

Er hebt abwehrend die Hände. „Hey, entschuldige. Ich wollte dir nicht zu nahe treten. Du bist mein Gast ..."

„Schluss damit. Also bitte. Sonst glaubst du noch, ich treffe mich mit dir wegen des Geldes."

„Amélie! Das würde ich nie von dir denken. Lass uns nicht streiten."

Scheiße. Wir verhalten uns jetzt schon wie ein altes Ehepaar und er weiß immer noch nicht, dass ich nicht mal wirklich Amélie heiße. Das ist alles ein bisschen beängstigend und ich bin mir in diesem Moment sicher, dass ich auf dem besten Weg bin, in ein Schlamassel zu rutschen, aus dem ich unbeschadet nicht wieder herauskomme. Aber ich muss endlich los. Andernfalls habe ich das nächste Problem in Form eines wütenden Vaters am Hals. Der alte Patriarch kann ziemlich nerven, wenn er schlecht gelaunt ist.

„Okay, dann sehen wir uns in Hongkong."

Er strahlt mich an und sieht so happy aus, dass ich nur nicken kann. „Ich schicke dir alle Infos, ich freue mich auf morgen. Sehr."

„Ich mich auch, bis morgen", flöte ich, schnappe mir meine Handtasche und flitze aus der Wohnung.

„Kann mein Fahrer dich irgendwo hinbringen?", ruft er mir hinterher.

„Danke, nicht nötig", rufe ich ihm über die Schulter zurück. So weit würde es noch kommen. Er ist ja nicht blöd und könnte leicht eins und eins zusammenzählen. Mit einem lauten Knall schließe ich die Wohnungstür hinter mir, springe zum Aufzug und atme erst einmal tief durch, als ich wenig später im Taxi sitze.

Wo habe ich mich da nur hineinkatapultiert?

8

„Du bist spät dran", höre ich meinen Vater sagen. Er sitzt in einem dunkelbraunen Ledersessel und hält ein Glas Scotch in der Hand. Granny umfasst mit ihren faltigen Händen ein Sherryglas und nippt daran. Ich gebe zunächst meiner Oma ein Küsschen auf die Wange und dann meinem Dad, danach setze ich mich auf die Kante eines Fußhockers.

„Guten Abend", grüße ich und verkneife mir den weiteren Teil meiner Antwort. Natürlich hätte mir klar sein müssen, dass wir heute zusammen essen. Das tun wir nämlich jeden Donnerstagabend. Schon seit Jahren. Ich habe überhaupt nicht mitbekommen, dass Donnerstag ist. Wenn man keinen dauerhaften Job hat, kann man ziemlich gut in den Tag hineinleben.

„Liebes, du siehst ein wenig derangiert aus", stellt meine Grandma fest und ich fürchte, dass sie sogar recht hat. Kein Wunder, die letzten Stunden waren – intensiv.

Bei der Erinnerung an Liams Küsse wird mir sofort wieder warm.

„Wo ist eigentlich der Rest der Bande?", versuche ich mich aus der Affäre zu ziehen.

„Megan hat noch im Büro zu tun, Ashley müsste gleich da sein. Kate und Tessa sind unterwegs."

„Natürlich", stöhne ich. „Warum kann Megan sich immer mit der Arbeit rausreden?"

Mein Dad gibt ein verärgert klingendes Geräusch von sich. „Weißt du, Virginia, wenn du einen Job hättest, dann könntest du dich auch gelegentlich deswegen entschuldigen. Das ist aber nicht der Fall."

Mein Mund klappt schockiert auf und ich schnappe wie ein Fisch auf dem Trockenen nach Luft. Dass er fiese Kommentare von sich geben kann, kenne ich ja, aber das ist einfach ... gemein.

„Jonathan", Emma steckt vorsichtig ihren Kopf durch die Tür, „Ashley hat eben angerufen und gesagt, dass sie sich verspätet."

Er schnaubt und klatscht mit der flachen Hand auf seinen Schenkel. „Mein Gott, ist es zu viel verlangt, dass man seine Kinder einmal in der Woche sehen möchte? Himmelherrgott noch mal, das regt mich auf."

Ich bin nach wie vor zu perplex über seinen verbalen Angriff, um auch nur noch einen Ton dazu sagen zu können. Es hat ja ohnehin keinen Sinn, es ist seine Meinung und die kann ich erst verändern, wenn ich tatsächlich einen Job habe. Und wenn es auch „nur" eine Rolle in einem Film wäre. Alleine deswegen werde ich nett zu Yang sein. Ich bin es leid, die Tochter zu sein, die nichts auf die Reihe bekommt.

Emma tritt zur selben Zeit in die Bibliothek und nickt verständnisvoll. „Sie hat sicher ihre Gründe", verteidigt sie die mittlere von uns Schwestern. Unsere ehemalige Nanny springt immer für uns in die Bresche, deshalb lieben wir sie ja so.

Granny rümpft die Nase und nippt an ihrem Glas. Die beiden hassen sich, daran ist nichts zu rütteln und ich glaube nicht, dass sich das jemals ändern wird. Eigentlich merkwürdig, dass sie trotzdem seit über zwanzig Jahren quasi unter einem Dach leben. Emma arbeitet hauptsächlich für meinen Dad, sonst wäre sie schon längst weg. Granny ist damals mit uns ausgewandert, nachdem das mit meiner Mutter passiert ist. Sie hat nie versucht, uns die Mutter zu ersetzen, doch mit ihrer liebevollen, aber gleichzeitig auch rauen Art war sie immer mehr als einfach nur eine Großmutter für uns.

Emma wartet. „Soll ich servieren lassen?"

Mein Dad trinkt seinen Scotch aus und steht auf. „Ja, selbstverständlich. Wo sind wir denn hier?" Dann stapft er los und murmelt noch etwas vor sich hin. Ich muss ein Kichern unterdrücken, als ich Emmas vielsagenden Blick auffange. Sie hat uns Schwestern eine Menge durchgehen lassen, aber sobald wir gewisse Grenzen überschritten haben, hat sie uns ganz deutlich klargemacht, dass es so nicht geht. Ich würde sie nicht als meine Freundin bezeichnen, aber wir kennen uns eine Ewigkeit, sodass wir nicht viele Worte benötigen, um uns zu verstehen. Emma verlässt die Bibliothek und meine Großmutter und ich bleiben allein zurück.

„Hilf mir bitte auf, Kind." Granny streckt mir ihre Hand entgegen und ich springe sofort auf, um ihr behilflich zu sein. „Ich werde auch nicht jünger. Die Arthritis tut ihr Übriges."

„Du siehst wunderbar aus, Granny."

„Ach, so ein Quatsch. Ich bin eine alte, vertrocknete … Großmutter. Gott sei Dank, denke ich mir des Öfteren. Wenn ich mir vorstelle, ich müsste mich in so eine enge Jeans quetschen wie ihr jungen Dinger sie heute tragt, na Prost Mahlzeit."

Ich lache aus vollem Mund. „Es ist schwer vorstellbar, dich in Jeans zu sehen."

„Das wirst du niemals, Kind."

„Das glaube ich dir sogar." Ich kenne meine Oma nur korrekt gekleidet. Korrekt heißt in ihrem Fall, dass sie ein Kleid oder ein Kostüm anhat. Wenn sie einmal unpässlich ist, wie sie es nennt, bleibt sie lieber gleich in ihren Wohnräumen. Dann trägt sie Nachthemd und Morgenmantel, wie es sich für eine standesgemäße Lady schickt. Glücklicherweise hat sie nie versucht, uns in unseren Kleidungsstil hineinzureden. Wobei: Blicke sagen bei ihr ja zuweilen mehr als Worte. Granny macht keine Versuche, ihre Meinung vor uns zu verheimlichen, auch ohne sie direkt auszusprechen.

Sie hakt sich bei mir unter. „Schön, dass du da bist", freut sie sich und wir begeben uns in den Speisesaal, wo Dad bereits am Fenster steht und hinausschaut. Eine Hand hat er in der Hosentasche, mit der anderen reibt er sich das Kinn.

„Ah, da seid ihr ja. Tut mir leid, dass ich eben so unbeherrscht war, Sweetheart. Ich freue mich sehr, dass du hier bist. Setz dich. Du wirst schon noch einen Job finden, der dir Spaß macht."

Sein liebevoller Ausdruck wärmt mir das Herz. Harte Schale, weicher Kern. Das trifft auf meinen Dad absolut zu. Ich glaube manchmal, dass er einfach nicht aus seiner Haut kann. Ich weiß, dass er uns liebt, aber die Ereignisse damals, die haben ihn irgendwie … in sich gekehrt werden lassen. Er zeigt uns seine Liebe durch seine Großzügigkeit und seine Geduld. Er ist aufbrausend, ja, aber er wird nie müde, sich unsere verrückten Ideen anzuhören. Obwohl er seine eigene Meinung dazu hat, unterstützt er uns bei unseren Träumereien. Zeitweise wünsche ich mir, er würde mir sagen, worin ich gut bin, mir raten, was ich mit meinem Leben anfangen könnte.

„Danke, Dad. Erzähl doch mal: Was gibt es Neues? Irgendwelche explosiven Neuzugänge in deinem Rennstall?" Mit diesem Thema kann ich nichts falsch machen. Er liebt seine Pferde heiß und innig und bald fliegen wir nach Hongkong, um uns ein Pferderennen anzusehen, bei dem eines seiner Rösser startet. Wir nehmen Platz und unsere Köchin bringt Brot und Butter.

„Ah, es ist noch warm", stelle ich fest und greife mir eine Scheibe. „Herrlich."

„Es läuft alles, Liebes. In Hongkong werden wir einen Sieg sehen, aber ich will euch damit nicht langweilen. Trotzdem lieb, dass du fragst. Möchtest du ein Glas Wein, Virginia?"

„Ja, wieso nicht." Vielleicht beruhigt der ja ein wenig meine Nerven. Einen Flug muss ich mir auch noch buchen, fällt mir da ein. „Isst Emma nicht mit uns?", will ich wissen, weil ich nur vier Gedecke auf dem Esstisch entdecken kann.

Granny nimmt sich die Serviette vom Teller und breitet sie ziemlich energisch über ihrem Schoß aus. „Sie ist immer noch eine Angestellte. Nicht die Hausherrin."

„Dad?"

Er zuckt mit den Schultern. „Heute ist ihr freier Abend", lenkt er ein. Wir hatten die Diskussion schon hundertmal, aber ich will einfach nicht verstehen, aus welchem Grund Emma von diesen Familienessen ausgeschlossen wird. Für mich gehört sie dazu.

Und ich kapiere nicht, warum meine Großmutter sie nicht leiden kann. Manchmal habe ich mir sogar schon gedacht, dass Emma und mein Dad beinahe ein Paar sein könnten. Vielleicht ist da ja was und ich weiß nichts davon und Oma passt das nicht? Ich meine, könnte doch sein. Sie arbeitet seit über zwanzig Jahren bei uns. Sie ist früh Witwe geworden, ihr Mann ist bei einem Autounfall ums Leben gekommen. Kinder hatten sie keine. Wenn ich es mir recht überlege, wäre das plausibel. Dad hatte seit Mum auch nicht wirklich eine Beziehung. Jedenfalls nicht in der Öffentlichkeit. Das wäre ein möglicher Auslöser, wieso Granny sie nicht leiden kann, und auch, weshalb Emma trotzdem nicht kündigt.

Ich sehe Dad an und stelle ihn mir mit Emma vor.

Wah. Ich kann mir meinen Vater überhaupt nicht mit einer Frau vorstellen. Igitt.

„Wie kommt es, dass du sie nicht magst, Granny?"

Sie schnaubt. Das hat sie heute Abend schon ziemlich häufig getan. Was ist eigentlich los? „Ich muss mich hier doch nicht rechtfertigen. Wo sind wir denn?"

Ich will gerade etwas erwidern, als Ashley zur Tür hereinkommt.

„Hallo alle miteinander", flötet sie und gibt jedem von uns ein Küsschen, bevor sie sich in den Stuhl neben mir fallen lässt. „Tut mir leid, hab's nicht früher geschafft."

Mein Vater sagt nichts über ihre Verspätung, nur das kurze Aufeinanderpressen seiner Lippen drückt seinen Unmut aus. „Wo bleibt Crystal nur mit dem Wein?", äußert er unwirsch, offensichtlich um das Verspätungsthema und vor allem Emmas Abwesenheit zu umgehen.

Es könnte ein anstrengendes Essen werden. Ich wäre jetzt viel lieber in Liams Bett und würde schmutzige Dinge mit ihm tun.

„Hey, Schwesterchen, wo treibst du dich eigentlich die ganze Zeit rum?", begrüßt mich Ashley wie immer äußerst liebenswürdig.

„Das Gleiche könnte ich dich fragen. Mal wieder eine neue Haarfarbe?"

Sie zupft an einer Strähne. „Schick, nicht?"

„Sie sind violett, Ashley!", bemerkt Granny nicht sonderlich begeistert.

„Steht dir", merke ich an. Nur Ashley hat die Courage für so was und ist gleichzeitig die einzige Person, der diese Farbe steht. Meine große Schwester ist eine elegante Ästhetin mit einem Hang zur Extravaganz. Sie genießt das Sehen und Gesehenwerden. Wen wundert es da, dass sie ihr Jurastudium, sehr zum Ärger unseres Vaters, an den Nagel gehängt hat, stattdessen Kunst studiert und jetzt eine eigene Galerie betreibt. Wenigstens weiß sie, was sie will, ganz im Gegensatz zu mir. Nur Ashley kann ein durchsichtiges Kleid auf einer Vernissage tragen, bei dem ihre Nippel durchblitzen, und wird dafür nicht als Schlampe abgestempelt. So was traut sie sich immer mal wieder. Sie ist stets für einen anständigen Skandal gut. Auch, was Männer betrifft. Ich weiß gar nicht, wie die Lage diesbezüglich bei ihr momentan ist, will das aber nicht bei Tisch besprechen. Das könnte sonst noch zu weiteren Spannungen führen. Mein Vater ... na ja. Sagen wir es mal so: Er ist nicht jederzeit mit ihrer Wahl einverstanden, was Ashley natürlich komplett egal ist.

Endlich kommt Crystal, unsere Haushälterin, mit einer Flasche Weißwein und gießt uns allen ein. Kurz darauf bringt sie mehrere Teller mit verschiedenartigen kleinen Häppchen. Unser wöchentliches Dinner wird beinahe traditionell britisch abgehalten, bis auf den Unterschied, dass es anstatt einer Vorspeise viele verschiedene gibt – also so wie bei den Chinesen. Nur dass ausnahmslos europäische Gerichte serviert werden. Mir läuft das Wasser im Mund zusammen, als ich sehe, was uns heute erwartet. Lammpastetchen, Scotch Eggs – Eier im Hackmantel–, Roastbeef-Rollen und sautierte Muscheln.

„Ahh", entfährt es mir und nun breite auch ich die Serviette auf meinem Schoß aus.

Dad erhebt sein Glas. „Schön, dass ihr da seid. Guten Appetit. Cheers."

Wir prosten uns zu, trinken einen Schluck und dann fallen Ashley und ich über die Köstlichkeiten her.

Meine Großmutter schüttelt den Kopf. „Also bei der Erziehung ist anscheinend doch grundlegend etwas falsch gelaufen, Jonathan."

Er lacht und nimmt sich ein Roastbeef-Röllchen vom Teller. Mit seinen Fingern.

Granny presst ihre Lippen aufeinander, fischt sich ein Stück Brot aus dem Korb und bestreicht es absichtlich graziös mit Butter.

Ashley und ich müssen kichern.

Genial, dass sich manche Dinge nie ändern.

9

ICH BIN ANGESPANNT, als ich ins Flugzeug nach Hongkong steige. Nicht weil ich Flugangst habe, sondern weil ich mir nicht im Klaren darüber bin, was ich hier eigentlich mache. Zum wiederholten Mal versuche ich mir einzureden, dass ich Liam nur ins Bett zerren will, aber ich glaube mir ja nicht mal mehr selbst. Und dann wäre da noch das zweite Problem. Er denkt, ich wäre jemand anderes. Ich muss es ihm sagen. Dringend und sofort, wenn ich ihn sehe. Er hat es nicht verdient, weiter von mir angelogen zu werden. Es ist ja auch total albern. Wie konnte ich nur auf so eine dämliche Idee kommen?

„Darf ich Ihnen etwas zu trinken anbieten?", fragt mich die Stewardess und ich greife gedankenverloren nach einem Glas Orangensaft.

„Danke."

O Gott. Ich bin tatsächlich auf dem Weg, mich Hals über Kopf in eine Affäre mit einem verdammt sexy Australier zu stürzen. Die nervösen Zuckungen meines Magens irritieren mich zunehmend. Seine letzte Nachricht hat sicher einen erheblichen Anteil daran.

Liebe Amélie, ich kann es gar nicht abwarten, dich wiederzusehen. Liam xoxo

Das Schlimme ist, ich kann es ebenfalls kaum erwarten, ihn wieder zu treffen. Und zu küssen. Und Dinge mit ihm zu tun, die mich fühlen lassen, als würde ich schweben. Liams offene und doch bestimmte Art gefällt mir. Er gefällt mir mehr, als ich zugeben möchte.

Die Flugzeit beträgt nur knappe drei Stunden, mir kommt es dennoch vor, als würde es Tage dauern, bis wir in Hongkong landen. Liam hat selbstverständlich darauf bestanden, mir einen Wagen zu schicken. Ich finde es nett und zuvorkommend von ihm und habe natürlich nicht Nein gesagt.

In Hongkong ist es für Mai schon recht warm. Die Luft ist schwül und ich fange sofort an zu schwitzen, als ich das Flughafengebäude neben dem Fahrer verlasse, der meinen Koffer für mich schiebt. Die Fahrt nach West-Kowloon dauert ungefähr zwanzig Minuten. Ich kenne die Gegend rund um das Hotel, alle meine Lieblingsmarken haben Läden in der Nähe. Aber das kann Liam unmöglich vorher gewusst haben. Sicher nur ein Zufall. Ein erfreulicher Zufall.

Mein Herz klopft erwartungsvoll, als ich wenig später die Suite im Ritz Carlton betrete, die Liam für uns gebucht hat. Ein bisschen Luxus findet er hin und wieder wohl auch gut. Das gefällt mir. Ich muss ebenfalls nicht alle Dinge besitzen, die ich schön finde. In diesem Punkt verstehe ich seine Einstellung als moderner Nomade. Wenn man es sich leisten kann, gibt es auch für Nicht-Immobilienbesitzer attraktiven Wohnraum.

Ich gehe erst einmal zum Fenster und lasse meinen Blick über den Victoria Harbour schweifen. Es ist beeindruckend, hier oben zu stehen, selbst für mich, die quasi mit dem goldenen Löffel im Mund geboren wurde. Unsere Residenz verfügt über hundert Stockwerke und ich bin froh, dass ich keine Höhenangst habe. Ich schlüpfe aus meinen Schuhen und genieße es, den flauschigen Teppich unter meinen Fußsohlen zu spüren.

Liam hat nicht gesagt, wann er mich hier treffen will, also bleibt wahrscheinlich noch ausreichend Zeit für eine schnelle Erfrischung. Ich habe zwar heute Morgen geduscht, aber nach der Reise fühle ich mich dennoch irgendwie klebrig und unser erstes Mal soll doch bitte nicht verschwitzt stattfinden.

Meine Klamotten lasse ich achtlos auf den Boden fallen und drehe das Wasser auf. Vorsichtig prüfe ich, ob es schon warm genug ist, bevor ich hineinsteige. Die Musik habe ich bereits angestellt und aus den Lautsprechern tönen sanfte Klavierklänge an mein Ohr. Herrlich.

Als ich mich umdrehe, erschrecke ich mich für einen Moment, aber es ist nur Liam, der an die Scheibe klopft.

Ich werfe den Kopf lachend in den Nacken und meine Nacktheit macht mir gar nichts aus. Im Gegenteil. Ich fühle mich wohl, sexy und frei. Deswegen bedeute ich ihm, reinzukommen. Seine Pupillen weiten sich und ich beobachte, wie er sein Shirt in einer schnellen Bewegung auszieht. Anscheinend tragen Internetmillionäre auch bei wichtigen Meetings keinen Anzug. Es ist mir völlig egal. Vor allem, als er aus seiner Jeans und seiner Retro-Shorts steigt und kurz darauf in seiner vollen Pracht vor der Duschkabine steht.

Wow. Jetzt mache *ich* große Augen. Er grinst breit, öffnet die Glastür langsam und steigt in die Dusche.

„Hi", sagt er und streicht mit seinen Händen über meine Schultern, als ob er sich nicht sicher ist, wie er mich begrüßen soll.

Ziemlich witzig eigentlich, wenn man bedenkt, dass wir gerade nackt in einer anderthalb Quadratmeter-Kabine stehen.

„Hi", entgegne ich und ziehe ihn zu mir. Das Wasser überströmt uns wie ein warmer Schauer.

Ich umklammere seine Hüften und lege meine Wange auf seinen Brustkorb. Sein Herz schlägt schnell, mindestens so stürmisch wie meines. „Wie war das Meeting?", frage ich ihn, als ob wir nichts Spannenderes zu diskutieren hätten. Ich bemerke, dass er an etwas ganz anderes denkt, denn sein kleiner Freund ist ganz und gar nicht mehr klein, sondern längst bereit für Größeres.

„Amélie", stöhnt er, „ich glaube nicht, dass ich mit dir jetzt über Arbeit reden möchte."

Ich lache und reibe meine Brüste an ihm. „Jesus", ruft er. „Was hast du vor?"

„Wonach sieht es denn aus? Willst du mich nicht endlich mal küssen?"

Das lässt er sich nicht zweimal sagen. Ich stehe in Flammen, obwohl überall um uns herum Wasser ist. Ich brenne vor Verlangen, will ihn endlich spüren und ihm so nah sein wie nur möglich. Endlich trennen uns keine unnötigen Stoffbahnen voneinander. Mit fahrigen Bewegungen erforsche ich seinen Körper, streiche über seine glatte Haut, seine harten Muskeln und finde den Weg zu seiner Erektion. Liam atmet schneller, seufzt leise, als ich beginne, an seinem Geschlecht auf und ab zu fahren. „Fuck, Amélie", stößt er ungehalten hervor und hält meine Hand fest. „Du bringst mich um!"

Ich lache leise, aber das Lachen bleibt mir beinahe im Hals stecken, als er sich vor mir auf den Boden kniet, meinen Bauch küsst und sich langsam an mir nach unten arbeitet. Als er meine intimste Stelle mit seinen Lippen berührt, muss ich mich an der Wand abstützen, damit ich nicht umfalle. Seine Berührungen lösen wahre Stürme in meinem Körper aus. Nie habe ich so heftig auf jemanden reagiert wie auf Liam. Als er auch noch damit beginnt, seine Zunge um mein Lustzentrum kreisen zu lassen, kann ich nicht mehr. Ich murmele seinen Namen und kralle mich in seinem Haar fest. Mein Atem kommt stoßweise, mein Puls rast, die Lust raubt mir den letzten Funken Verstand. Das Ziehen in meiner Mitte wird immer stärker, immer heftiger das Verlangen nach Erlösung. Es ist beinahe schmerzhaft, so intensiv sind die Empfindungen, die er in mir hervorruft.

„Stopp", hauche ich bebend und bugsiere ihn sanft nach oben. Ich küsse ihn, schmecke mich selbst und sein Stöhnen an meinem Mund zeigt mir, wie sehr es ihm gefällt, mich zu liebkosen.

Ich stelle das Wasser ab, schiebe ihn langsam aus der Dusche und fische nach einem Handtuch.

„Nicht so hastig, Liam", ermahne ich ihn. „Jetzt bist du endlich mal dran!"

Sein Brustkorb hebt und senkt sich schnell, sein harter Penis ragt stolz und groß in die Höhe. Ein atemberaubender Anblick, dieser Mann!

„Was ist los?", fragt er mich, als ich ihm ein weißes Frotteehandtuch zuwerfe.

Ich gehe an ihm vorbei und krame nach einem Kondom im Koffer. Gott sei Dank, ich war so umsichtig, noch welche zu besorgen. Die Großpackung. Ich hebe sie in die Luft. „Die hier habe ich gesucht."

Er sieht mich mit einem glühendem Blick an, kommt stürmisch auf mich zu, nimmt mich in seine Arme und trägt mich zum Bett.

Ich habe immer davon geträumt, dass mal jemand so was mit mir anstellt. Meine bisherigen Bettgefährten waren nie so … romantisch und bestimmt.

„Lass mich dich küssen", raunt er an meinem Ohr. Ich drücke ihn sacht ihn die Kissen und schüttele den Kopf. Das nasse Haar klebt an meinem Rücken, aber es ist mir egal. Ich wedele mit dem Durex vor seinem Gesicht, reiße die Packung auf und küsse ihn kurz auf den Mund. Fahre weiter an seinem Hals hinab und ziehe die feuchte Spur auf seiner heißen Haut immer tiefer. Liam spannt sich unter mir an, gibt dunkle Laute von sich, die einem Seufzen ähnlich sind, und ich genieße es, ihn zu liebkosen. Es macht mich an, zu sehen, wie intensiv er auf mich reagiert. Mit einer Hand umfasse ich seinen Schaft und lecke sanft über die glänzende Spitze. Nehme ihn in mir auf und sauge, bis er sich unter mir windet und keucht. Ich weiß, dass er kurz davor ist, zu kommen, deswegen lasse ich von ihm ab und erfreue mich an seinem prachtvollen Anblick. Er ist nicht nur bildschön, sondern mindestens genauso sexy.

„Jeez, Amélie, das war … knapp!", erklärt er mit belegter Stimme.

„Sch. Entspann dich." Ich drücke ihn zärtlich zurück in die Kissen, als er aufstehen will.

„Gott, du wirst mich umbringen!"

„Das sagtest du bereits. Nein, ich werde mir größte Mühe geben, genau das Gegenteil zu tun. Ich brauche dich ja schließlich noch", kläre ich ihn mit flatternden

Lidern auf. Ich greife bestimmt nach seiner Erektion und rolle das Kondom langsam ab. Eigentlich hasse ich diese lästigen Dinger, leider sind sie aber eine hässliche Notwendigkeit, also können wir auch das Beste daraus machen und es so hinnehmen.

„Es ist so gut, wenn du das tust", seufzt er. Mit einer ruckartigen Bewegung wirft er mich plötzlich aufs Bett. Ich bin so überrascht, dass die Luft keuchend aus meinen Lungen entweicht.

„Liam!" Ich habe mich schon gewundert, dass er heute gar nicht so bestimmt ist wie die Tage zuvor.

„Ich bin dran!", klärt er mich lachend auf und küsst mich dann, so wie ich es bei ihm getan habe. Er muss unglaublich viel Übung haben, wenn man danach geht, wie unfassbar gut sich seine Küsse auf meiner Haut anfühlen. Wie er sanft erst die eine und dann die andere Brustwarze mit seiner Zunge umkreist. Ich bin mir sicher, er könnte mich allein damit zum Orgasmus bringen. Aber ehe ich mich weiter hineinsteigern kann, lässt er von meinen Brüsten ab und küsst meinen Bauch, um tiefer zu wandern. Leckt kurz über meine Perle, saugt daran, bis ich den Kopf unruhig hin und her werfe, dann lässt er von mir ab und rutscht zu mir nach oben. „Bist du bereit, Kätzchen?"

„O ja", hauche ich und ziehe ihn zu mir heran. Ich habe gesehen, wie groß er ist, ich bin mir nicht sicher, ob es passen wird ...

O Gott.

Es passt. Und wie.

Mit nur einer Bewegung ist er in mich eingedrungen und beginnt nun langsam, sich in mir zu bewegen.

Es fühlt sich so gut an. Es gibt nichts Besseres. Die Empfindungen, die Liam in mir weckt, sind unglaublich. Es dauert nicht lange, bis mir bedächtig und zärtlich nicht mehr reicht. Ich will mehr und bitte ihn, das Tempo zu erhöhen. Wir sind wie im Rausch. Liams Atem kommt stoßweise, meiner auch. Ich umklammere seine Hüften mit meinen Beinen, um ihn noch intensiver und tiefer in mir zu spüren. Ich bin kurz davor, alles in mir ist zum Zerreißen gespannt. Meine Hände streichen immerfort über Liams Rücken. Meine Nägel hinterlassen wahrscheinlich Kratzspuren auf seiner Haut, aber in dieser Sekunde ist es mir völlig egal. Das Einzige, woran ich denken kann, ist die irrsinnige Lust in mir. Jede Zelle steht vor der Explosion.

Und dann sieht er mich an. „Komm für mich", knurrt er und ich kann mich nicht mehr zurückhalten. Mit einem leisen Schrei übernimmt mein Körper das Kommando. Ich habe keine Kontrolle mehr, nehme nur am Rande wahr, dass auch Liam seinen Höhepunkt erreicht. Er vergräbt sein Gesicht neben meinem im Kissen und stößt animalische Laute aus, die mein Glücksgefühl verlängern. Ich bin der Grund für seine Begierde, das gibt mir ein wahnsinnig befriedigendes Gefühl.

Minuten später liegen wir immer noch regungslos in derselben Position. Sein Gewicht lastet auf mir und ich kann mich nicht erinnern, je etwas Schöneres erlebt zu haben. Mein Puls rast weiterhin und ich atme nach wie vor gepresst. Liam geht es nicht anders.

Es ist erschütternd. Wie soll ich jemals wieder normalen Sex haben. Danach?

Was eben passiert ist, kann ich nicht in Worte fassen, so sehr hat es mein inneres Gleichgewicht durcheinandergebracht. Mir war bis dahin nicht klar, dass man etwas Derartiges mit jemandem erleben könnte.

Ich bin in ernsthaften Schwierigkeiten.

Liam rollt sich neben mich und zieht mich in seine Arme. „Hey, alles okay?"

Nein. Ganz und gar nicht.

„Hmm."

„Ich ... ich bin ... Das war Wahnsinn", brummt er zufrieden und zieht mich noch ein Stück näher zu sich heran. Gott, im günstigsten Fall ist mein Zustand als sprachlos zu beschreiben.

Mist. Mist. Mist.

Okay.

Was tun?

Ich bin niemand, der leicht in Panik verfällt. Jetzt wäre der Zeitpunkt, da käme es für mich infrage.

Warum?

Weil er absolut keine Ahnung hat, wer ich bin. Wenn ich mich ihm jetzt offenbare, wird er entweder lachen und sagen, ich spinne, oder mich aus der Suite schmeißen, weil ich ihn angelogen habe. Wie ich ihn kenne, würde er Letzteres tun, und das möchte ich vermeiden. Ich hatte eben den besten Sex meines Lebens und könnte glatt schon wieder.

Hm. Was also tun? Ich weiß es nicht. Ich bin viel zu erschöpft und gleichzeitig viel zu aufgedreht. Ich kann meinen Zustand nicht einmal wirklich beschreiben.

„Willst du was trinken?", fragt er mich und streicht mit seinen Fingern über meinen Bauch.

O ja. Gin. Wodka. Irgendwas in dieser Richtung. Hauptsache etwas Starkes.

„Ja, Wasser. Danke."

Wie soll ich es ihm nur sagen?

Liam steht schwungvoll auf und ich verfolge seine dynamischen Bewegungen mit einem scharfen Blick. Er hat definitiv eine ansehnliche Kehrseite. Da kann man wirklich nicht meckern.

Ich werde es ihm auf dem Rückweg erklären. Gute Idee. Jetzt wäre wahrscheinich ein blöder Zeitpunkt, ich will nicht stundenlang Fragen beantworten. Über mich, über meine Familie und das alles. Das kann ich auch später noch. In diesem Augenblick möchte ich nur das schöne Leben genießen.

Ach. Ich bin erleichtert. Aufgeschoben ist ja nicht aufgehoben. Genau.

Er reicht mir das Wasser und krabbelt zurück zu mir aufs Bett. Er selbst hat eine Cola in der Hand und trinkt die halbe Flasche in einem Zug aus. Dann küsst er mich kurz auf die Stirn, stützt sich auf einem Ellenbogen ab und sieht mich an.

„Was?", erkundige ich mich leicht verunsichert.

„Wie war die Reise?"

Ich atme aus und grinse.

„Wir haben den Sex vor dem Smalltalk gemacht."

„Sieht so aus. Ich mag unkonventionelle Frauen." Seine Mundwinkel zucken.

„Gut. Dann bist du bei mir an der richtigen Adresse." Ich zwinkere ihm zu.

Er hat ja keine Ahnung, *wie* unkonventionell ich bin.

10

NACH EINEM LOCKEREN ABENDESSEN in einem total abgefahrenen, futuristischen Restaurant, in dem das Essen nach dieser neuartigen Molekularküche zubereitet wird, schlendern wir Hand in Hand durch die Nachbarschaft unseres Hotels. Schließlich setzen wir uns mit einem Eis an das Ufer des Victoria Harbour. Uns bietet sich ein bezaubernder Blick über das Wasser und die schillernde Skyline auf der anderen Seite.

„Wie war dein Tag?", fragt er mich lächelnd und streicht über mein Handgelenk. Ich habe noch immer den schokoladigen Geschmack auf der Zunge.

„Gut so weit. Und deiner?" Meine Mundwinkel biegen sich nach oben. Liam weiß natürlich, dass das die Untertreibung des Jahrhunderts war. Wir haben uns so gut verstanden, dass es mir vorkommt, als würde ich ihn schon ewig kennen und nicht erst ein paar Tage.

„Ich bin glücklich." Er streichelt meinen Handrücken und mir wird ganz warm ums Herz.

„Ich auch." Mehr Worte brauchen wir in diesem Augenblick nicht, der nur uns gehört.

Und es ist die reine Wahrheit. Ich musste nicht lügen, ihm nichts vorspielen, nichts beschönigen. Bei Liam fühle ich mich wohl und auf seltsame Art und Weise geborgen. Ich kann zum ersten Mal ich selbst sein, was das Paradoxe an der Sache ist. Der Mann hat keine Ahnung, wer ich wirklich bin. Ich bin irre. Absolut. Ich könnte ihm jetzt den Sachverhalt mit meinem Schwindel erklären, aber dann wäre der schöne Abend kaputt. Ich glaube, unsere Beziehung, sofern man diese Affäre überhaupt so nennen kann, wird ohnehin nicht von langer Dauer sein und ich erspare uns einfach den Stress. Das war mir von Anfang an klar, deswegen bin ich ja als Amélie unterwegs.

„Sollen wir zurück zum Hotel gehen?", schlägt er nach einer Weile sanft vor und mein Herz schlägt höher. Obwohl wir uns den ganzen Nachmittag sehr nahe waren, kann ich es kaum abwarten, endlich wieder mit ihm allein zu sein. Ich will diese unglaublich behagliche Zweisamkeit genießen, jede Sekunde davon. Und das am besten nackt und in unserem Kingsize-Bett.

„Hast du Pläne?", frage ich ihn mit einem lasziven Augenaufschlag.

Er hebt mich vorsichtig auf die Beine. „O ja. Ich habe einiges vor."

Mein Magen zieht sich erwartungsvoll zusammen. Ich hätte nie gedacht, dass Sex so außergewöhnlich sein könnte. Es kribbelt auf meinem ganzen Körper, wenn ich nur an das denke, was er gleich mit mir anstellen wird.

Es liegt sicher daran, dass Liam so anders ist als die wenigen Liebhaber vor ihm. Einerseits erfüllt er alle meine Wünsche, ohne dass ich sie aussprechen muss. Er weiß intuitiv, was mir gefällt. Andererseits tanzt er aber auch nicht nach meiner Pfeife. Das ist total ungewohnt, normalerweise muss ich den Ton angeben. Ohne über mich zu bestimmen, nimmt er manches unkompliziert selbst in die Hand. Und das ist so … befreiend.

Heute Abend zum Beispiel. Ich hatte ihm ein Restaurant vorgeschlagen, das ich gut kenne. Gutes Essen, gute Atmosphäre. Aber er hat einfach sein Ding durchgezogen. Es imponiert mir, dass er meine – zugegeben – etwas herrische Ader mit einem einfachen Lachen abtut und mich dann überzeugt, dass es anders ebenfalls schön sein kann. Und was soll ich sagen? Es ist irgendwie komisch, die Kontrolle abzugeben. Auch beim Sex. Oder gerade beim Sex. Ich habe schnell gemerkt, dass Liam und ich gleichberechtigte Partner sind, und das ist wundervoll. Immerzu musste ich den Kerlen erklären, was ich will und wie. Liam scheint es einfach zu wissen. Ohne Schwierigkeiten. Ohne große Worte. Und das, was er tut, ist noch viel besser als das, was ich mir je hätte ausmalen können.

Das finde ich irgendwie ... erschreckend und unglaublich gut. Vielleicht entwickele ich gerade eine neue Form der Schizophrenie.

„Komm schon, oder soll ich dich tragen?", neckt er mich und holt mich damit zurück in die Realität.

„Trag mich", fordere ich ihn lachend auf.

„Kommt nicht infrage. Du hast zwei gesunde Beine."

„Warum bietest du es mir an?"

„Wir können auch gerne hierbleiben." Er kommt ein Stück näher zu mir, nimmt meine Hand und sieht mich eindringlich an. „Dann küsse ich nicht die Innenseite deiner Schenkel, dann streife ich dir nicht dein Höschen mit meinen Zähnen ab, bringe dich nicht mit meinem Mund dazu, leise meinen Namen zu rufen ..."

Mein Atem stockt.

„Ja, ist ja schon gut, du Schuft."

Ich laufe los und sehe ihn noch einmal über die Schulter an. „Fang mich doch …"

„Dir geb ich gleich …"

Natürlich holt er mich bereits nach wenigen Metern ein. „Hab dich." Er hält mich fest und zieht mich in seine Arme. „Vielleicht muss ich dich fesseln, damit du mir nicht davonläufst?"

„Klingt verlockend, versuch es doch." Ich lache ihn an.

Stattdessen verschränkt er seine Finger mit meinen und wir gehen gemeinsam zurück zu unserem Hotel. Auf dem Weg in unser Zimmer sind wir auf den Gängen nicht allein. Wir sagen nichts. Die Luft zwischen uns vibriert, wir beide wissen, was gleich kommt. Ich kann es kaum erwarten.

Kurz darauf schließt er die Tür hinter uns, drückt den Knopf, sodass auf dem Flur „Do not disturb" aufleuchtet, und dreht sich ohne Eile zu mir um. „Was kann ich jetzt für dich tun?"

Seine Stimme ist dunkel und samtig und jagt mir kleine Schauer über den Rücken.

„Hm", mache ich und lege einen Finger an meine Lippen. „Ich finde, du könntest dich erst mal ausziehen, damit ich sehe, worauf ich mich mit dir einlasse."

Liam sieht mich erst eine Spur irritiert an, dann lacht er. „Gut, es ist ja nicht so, als ob du mich noch nicht nackt gesehen hättest."

„Das stimmt, aber ich weiß gar nicht mehr genau, wie du ausschaust. Ich glaube, ich kann mich nicht daran sattsehen. Also los, oder brauchst du Hilfe?"

Ich lasse mich in einen Sessel sinken, überschlage meine Beine und beobachte, wie er gemächlich sein

Hemd aufknöpft. Mit jedem geöffneten Knopf kommt er einen Schritt näher auf mich zu. Sein wunderschöner Oberkörper ist leicht gebräunt. Das V seiner seitlichen Bauchmuskeln verschwindet im Bund seiner Jeans, von der er jetzt den obersten Knopf öffnet. „Bist du sicher, dass du nicht selbst Hand anlegen willst?", fragt er mich. Dabei steht er jetzt direkt vor mir.

„Wo du mich so nett fragst, wieso nicht", gebe ich leise zurück und meine Stimme klingt ein wenig rau. Mein Puls schlägt schnell und das Pochen in meinem Unterleib wird stärker, dabei berührt er mich noch nicht einmal. Ich ziehe ihn sanft am Gürtel ein Stück dichter zu mir und befreie ihn langsam. Liams Erregung zeichnet sich deutlich unter dem hellblauen Stoff seiner Hose ab. Zaghaft streiche ich darüber und er stößt zischend die Luft aus. Schließlich fällt sie auf den Boden und die Boxer gleich hinterher. „Darf ich?" Ich schaue ihn durch meine Wimpern hindurch an. Unsere Blicke treffen sich.

„O Gott, du wirst mich wirklich noch ins Grab bringen." Aber er nickt.

Ich umfasse den prallen Beweis seiner Lust mit meinen Händen und fahre vorsichtig auf und ab, bevor ich die feucht glänzende Spitze mit meiner Zunge umkreise. Es macht mich mehr an, als ich je zugeben würde, zu sehen, was für eine Wirkung ich auf ihn habe. Viel zu rasch geht er rückwärts und fährt sich schwer atmend durch die Haare.

„Nicht so schnell!", warnt er mich und streckt seine Hand aus. „Komm her." Ich folge seiner Aufforderung und lege meine Hand in seine. Er zieht mich zu sich. „Jetzt werde ich mich erst mal um dich kümmern."

Sein Versprechen klingt verheißungsvoll und im Nullkommanichts liege ich nackt neben ihm auf dem weichen Bett. Liams Mund und seine Hände sind überall. Ich weiß nicht, wie mir geschieht, aber eines ist klar: Ich werde ganz sicher vor Sehnsucht sterben, wenn er mich nicht endlich zum Höhepunkt bringt. In dieser Sekunde umspielt seine Zunge die kleine Perle zwischen meinen Beinen und ich stöhne immer wieder lustvoll auf. „Gefällt es dir?", fragt er mich mit heiserer Stimme und ich höre, wie sehr er es genießt, zu sehen, dass ich kurz davor bin, unter ihm zu explodieren.

„Ja, ja, hör nicht auf!", wispere ich.

„Sehr zu Befehl, Madam", scherzt er und leckt über meine Klitoris, umfasst meine Pobacken, sodass ich ihm nicht ausweichen kann.

Das wird mein Ende sein. Es ist unausweichlich.

Liam stellt Dinge mit mir an, die mich Sternchen sehen lassen. Ich stemme meine Fersen ins Bett und werfe meinen Kopf hin und her. Meine Hände krallen sich in seinem Haar fest. Ich bin so dicht davor, dass ich es nicht mehr aushalten kann. Ich gebe Laute von mir, die ich noch nie aus meinem Mund gehört habe. Aber es ist mir egal. Das Einzige, woran ich denken kann, ist, dass es niemals aufhören soll, und doch sehne ich mich nach nichts mehr als der Erlösung. Die Wellen der Lust schlagen immer höher, das Ziehen in meiner Mitte wird immer unerträglicher, wilder und heftiger. Es fehlt nicht mehr viel und ich komme. In meinem Körper baut sich ein so heftiger Orgasmus auf, dass ich alles um mich herum vergesse. In diesem Augenblick ist mir alles egal. So etwas habe ich nie erlebt. Ich schreie Liams Namen, ziehe seinen Kopf tiefer zu mir heran, will ihn nie mehr loslassen, als er mitten in seiner Bewegung innehält.

Ich weiß nicht, was los ist, öffne die Augen und suche ihn mit gierigem Blick. Meine Lungen leisten Schwerstarbeit, um meinen Körper mit ausreichend Sauerstoff zu versorgen. Ich atme schnell und laut. „Was ist?", frage ich ihn irritiert.

Enttäuschung macht sich in mir breit, weil er mir den lange herbeigesehnten Höhepunkt verwehrt. Liams Ausdruck ist dunkel und verhangen, er stützt sich auf seine muskulösen Unterarme und seine Lippen sind feucht von meiner Nässe. Es ist ein so sinnlicher Anblick, dass ich eine Sekunde verharre.

„Du bist so schön, wenn du erregt bist", höre ich ihn schließlich mit belegter Stimme flüstern.

„Was machst du denn nur mit mir, Liam?" Ich bin schwach, zittrig und unbefriedigt. Er schuldet mir noch einen Orgasmus, verdammt.

„Was soll ich denn mit dir machen?", erwidert er darauf und grinst leicht.

Ich kann es ihm nicht sagen. Es zu tun, ist eine Sache, darüber zu reden eine andere. Stattdessen ziehe ich ihn zu mir herauf und küsse ihn. Ich schmecke mich selbst und seinen süßen Atem. Blind fische ich ein Kondom vom Nachttisch und schiebe ihn ein Stück von mir, bis er auf dem Rücken liegt.

„Soll ich?" Ich sehe ihn an und er nickt.

Er ist groß. Ich bin immer wieder aufs Neue erstaunt, dass das alles zusammenpasst. Aber mein Gehirn arbeitet im Moment ohnehin nicht sonderlich gut. Ich kann es nicht abwarten, ich will mir holen, was er mir nicht gegeben hat. Mit einem Ruck setze ich mich auf ihn, ergreife seinen Schaft und lasse ihn in meine Nässe tauchen. Liam knurrt leise und hält meine Hüften fest. Sanft beginne ich mich auf ihm zu bewegen, stütze mich nach hinten auf meinen Händen ab. Mein Busen wippt auf und ab, ich beobachte ihn gleichzeitig. Ich reite ihn wilder, will es nicht länger behutsam und zärtlich. Es ist wie ein Rausch, so stelle ich es mir zumindest vor, mit Drogen habe ich nichts am Hut. Ich kann nicht mehr denken.

Liam lasse ich nicht aus den Augen. Seine Finger wandern über meinen Bauch. Umfassen meine Brüste, kneten sie, bis sich meine Nippel aufstellen und ich wiederkehrend leise seufze. Wir atmen laut, beinahe im gleichen Takt, dabei sehen wir uns die ganze Zeit an, sagen kein Wort. Es ist magisch, bis ich es kaum mehr ertragen kann. Ich beuge mich zu seinem Gesicht und gebe ihm einen leidenschaftlichen Kuss. Liam stöhnt in meinen Mund, seine Hüften zucken unter mir, um seine eigene Lust zu steigern. Aus dem Ziehen in meiner Mitte ist längst ein heißes Brennen geworden. Nie bin ich ohne zusätzliche Stimulation gekommen, aber ich weiß, ich bin kurz davor. Liams Schwanz massiert mich von innen und trifft mit jedem Stoß auf diesen einen speziellen Punkt in mir, der mich Sterne sehen lässt.

„O Gott", stöhne ich. „Es ist so gut!"

Liam brummt zustimmend und murmelt etwas neben meinem Ohr, das ich nicht wirklich verstehen kann. Seine Hände packen mich jetzt nahezu grob und treiben mich an, ihn immer schneller zu vögeln. Und dann überkommt es mich. Heftig und unerwartet. Meine Fußzehen krümmen sich und ich dränge mich noch enger an ihn.

Bewege mich drängend auf ihm, um ihn noch intensiver spüren zu können. Ich schreie so laut, dass ich mir sicher bin, dass meine Stimmbänder einen Schaden erleiden werden. Der Orgasmus fegt wie ein gewaltiger Tsunami über mich hinweg. Erbarmungslos und unaufhaltbar bebt mein ganzer Körper. Liam versteift sich unter mir und stößt animalische Laute aus, die mich nur noch glücklicher machen, weil ich weiß, dass ich der Grund dafür bin. Sein Penis zuckt noch lange in mir, nachdem ich auf ihm zusammengebrochen bin. Eine Welle der Erlösung rollt über mich und ich bleibe mit hart pochendem Herzen auf ihm liegen.

Jesus, was war das denn?

„Shit", presse ich schwer atmend hervor. Mein Kopf liegt neben seinem im Kissen. Ich bin schweißnass. Liam auch. Wir kleben aneinander, sind aber so erschöpft, dass wir zu keiner Bewegung mehr fähig sind.

„Hey, ist irgendetwas nicht in Ordnung?", flüstert er besorgt und vergräbt seine Hand in mein Haar, das wild über uns hängt.

„Ich ... bin ... am Ende", gebe ich zu.

Liam lacht dunkel. „Dabei hattest du das Kommando!"

Wir liegen noch eine ganze Weile eng umschlungen aufeinander, bis es mir endlich möglich ist, mich wieder zu rühren. „Du hast mich wirklich fertiggemacht", necke ich ihn und zwicke ihn in die Seite.

„Autsch!"

„Hast du Durst?"

„Mmmh", macht er und stützt sich auf den Unterarm. Er liegt nun seitlich zu mir und seine blauen Augen blicken liebevoll auf mich herab.

„Ich hole uns mal eben was aus der Minibar. Irgendwelche spezielle Wünsche?"

Er schüttelt den Kopf und ich krieche mehr oder weniger aus den seidigen Laken, nehme eine Sprite für mich und einen Orangensaft für ihn aus dem Kühlschrank.

Wir trinken durstig, als wären wir gerade aus der Sahara gerettet worden, und ich muss lachen. „Ist das immer so mit dir?"

Er runzelt die Stirn. „Was meinst du?"

Hastig schaue ich auf meine Hände. „Ach, schon gut. Sag mal, wie lebt es sich so als Millionär?"

„Puh. Du hast ja wirklich großartige Themenwechsel drauf, mein Kätzchen."

Ich zucke mit den Schultern und ziehe die Decke bis zu meinem Brustansatz nach oben. Die Klimaanlage läuft und nachdem ich eben so geschwitzt habe, ist mir jetzt leicht kalt geworden.

Liam streicht über meine Arme. „Weißt du, das mit dem Geld ist so eine Sache. Man weiß nie, wie lange man welches hat."

„Das klingt aber pessimistisch. Vertraust du denn nicht auf deine Fähigkeiten?"

„Doch, natürlich. Der Erfolg kam viel schneller, als ich mir das je hätte erträumen lassen. Ich bin allerdings Realist. Sollte ich irgendwann mal einen Fehler machen, möchte ich sicher sein, dass ich auch ohne materiellen Besitz glücklich sein kann."

„Was ist das denn für eine seltsame Ansicht?"

Seine Gesichtszüge verhärten sich. „Erfahrungssache."

„Wieso? Ich verstehe das nicht."

„Mein Vater war Investmentbanker. Als ich geboren wurde, lebten wir in einer riesigen Villa an der Gold Coast. Er hat zu oft auf die falsche Karte gesetzt, verkehrte Entscheidungen getroffen ..." Er stockt, weicht meinem Blick aus.

„Und dann habt ihr alles verloren?", ergänze ich kaum hörbar und äußerst vorsichtig.

Er nickt und ich kann Liams Leid förmlich spüren. Er sieht so traurig aus, dass ich selbst weinen könnte. „So ähnlich. Meine Mutter wusste von alledem nichts. Sie hat weiter das Leben gelebt, wie sie es gewohnt war. Bis eines Tages ..."

Seine Stimme bricht ab und mir zerreißt es das Herz. Ich ergreife Liams Hand. „Du musst nicht darüber reden." Ich bin die Letzte, die Informationen aus Leuten herauspressen will, aber irgendwie glaube ich, dass ich ihm vielleicht ein wenig von dem Schmerz nehmen kann, wenn er ihn mit mir teilt.

Er sieht auf. „Doch, ich will es dir erklären. Ich spreche nicht oft über ihn. Es ist zwar kein Geheimnis, nur, die Erlebnisse ... waren qualvoll. Er hat sich umgebracht. Meine Mutter hat ihn im Arbeitszimmer entdeckt. Er hatte sich mit einer Pistole in den Mund geschossen. Es muss ... grauenvoll gewesen sein."

„O Gott, Liam!" Ich bin ernsthaft schockiert. Ich habe damit gerechnet, dass er mir erzählt, wie sie in ein kleines Haus umziehen mussten, nicht mehr ihren Lebensstil halten konnten, aber nicht mit so etwas.

Er streicht mir eine Strähne aus dem Gesicht. „Schon okay, Baby, es ist lange her."

„Wie alt warst du damals?" Ich muss an meine eigene Mutter denken, an die ich keinerlei Erinnerungen habe. Ich war gerade mal drei, als sie verschwunden ist. Das war natürlich etwas ganz anderes, auch wenn es nie aufgeklärt wurde. Wir konnten ihre Leiche nie beerdigen, weil sie niemals gefunden wurde.

„Ich war acht."

„Acht? O Liam. Es tut mir so leid, wie schrecklich." Ich möchte ihn an mein Herz drücken und ihm den Schmerz nehmen.

„Weißt du, eines habe ich daraus gelernt. Es ist gut, Geld zu haben, aber ein dickes Bankkonto ist nicht alles. Ehrlichkeit hätte ihn vielleicht gerettet."

Ich nicke und muss schlucken.

„Meine Mutter hat nichts geahnt. Sie ist aus allen Wolken gefallen. Mein Vater hat bis zum letzten Tag so getan, als wäre alles okay", fährt er fort. „Dann musste sie sich um uns kümmern, wir hatten alles verloren."

„Das ist schwer vorstellbar!"

Liam zuckt mit den Schultern. „Anscheinend war mein Vater ein guter Schauspieler. Das Einzige, was geblieben ist, ist die Wut auf ihn. Er hätte darüber reden können, wir hätten die Villa verkaufen und anders leben können. Stattdessen hat er meine Mutter mit all dem Mist und uns Kindern sitzen gelassen. Das werde ich ihm nie verzeihen, was das eigentliche Dilemma ist. Er ist tot. Ich werde nie wieder die Gelegenheit haben, ihm all das zu sagen. Ich bin sauer. Warum, verdammt, konnte er nicht einfach erklären, was los war? Er hat den simplen Weg gewählt und uns verlassen. Er hat uns verraten."

Die Bitterkeit, die aus seiner Stimme zu hören ist, nimmt mich mit. „Es tut mir leid, Liam." Ich streiche mit meiner Hand über seine unrasierte Wange.

„Ist schon gut, du kannst ja nichts dafür. Lügen und Geheimnisse sind das, was ich nicht ertragen kann. Jeder macht Fehler, aber es gibt nichts Schlimmeres, als nicht zu seinen Taten zu stehen. Und genau das hat mein Dad gemacht. Sie hätten sich gemeinsam eine neue Existenz aufbauen können."

Ich muss schlucken.

„Komm her, Amélie." Seine Stimme ist sanft und zärtlich. Er zieht mich in seine Arme und gibt mir einen liebevollen Kuss auf den Scheitel. „Lass uns nicht länger darüber reden. Ich dachte nur, es wäre gut für dich, zu wissen, warum ich bei manchen Dingen ein wenig … empfindlich reagiere."

„Klar, das kann ich nachvollziehen." Ich schmiege mich in seine Armbeuge, aber mir ist flau im Magen geworden. Bevor ich morgen abreise, werde ich ihm reinen Wein einschenken. Ich kann ihm alles erklären, er wird es verstehen, da bin ich mir sicher. Nach seinem Geständnis über seinen Vater kann ich jetzt nicht mit meiner kleinen Lüge ankommen, es wäre der absolut unpassendste Augenblick.

Liam streicht über mein Haar und hält mich fest. Eine ganze Weile sagen wir nichts und genießen es einfach nur, den anderen zu spüren.

11

„FUCK!", höre ich wie im Nebel. Verschlafen blinzele ich und öffne vorsichtig die Augen. Das ganze Bett wackelt, so schnell springt Liam aus den Federn.

„Was ist denn los?" Meine Stimme klingt übernächtigt und ich habe keine Ahnung, warum er so in Panik ist. Brennt es vielleicht?

„Ich bin zu spät, verdammt! Das Meeting hat bereits vor fünf Minuten angefangen. Fuck! Fuck! Fuck! Wie unprofessionell. Das war's, die schließen nie im Leben einen Deal mit mir ab, wenn ich nicht mal pünktlich bei einem Meeting sein kann."

Fluchend schlüpft er in seine Klamotten.

„Es tut mir leid, ich muss los. So sollte der Tag nicht anfangen. Wann geht dein Flug?"

„Um zwei, glaube ich." Ich bin mir nicht sicher, es ist viel zu früh. Ich bin noch nicht mal richtig wach.

Liam kommt zu mir, drückt mir einen Kuss auf die Stirn. „Ich ruf dich an, ja? Wir sehen uns in Shanghai, okay? Ich denke an dich, Kätzchen."

„Hmmm", mache ich, ziehe die Decke ein Stückchen höher und kuschele mich wieder ins Bett.

Erst als die Tür ins Schloss kracht, wird mir klar, dass Liam gegangen und unser Liebesurlaub in Hongkong damit beendet ist.

Ich lasse mich stöhnend und niedergeschlagen ein wenig tiefer in die Kissen sinken. Einerseits bin ich zufrieden und glücklich wie nie zuvor, andererseits ist mir schlecht, weil er immer noch denkt, ich wäre Amélie. Eine simple SMS kann ich ihm wahrscheinlich nicht schicken. *"Hey, du. Ich bin Virginia, das mit Amélie war nur ein Scherz."* Wohl kaum.

Ich fische mein Handy vom Nachttisch und scrolle mich durch meine Emails.

„Verdammte Scheiße", entfährt es mir. „Das hätte ich ja fast vergessen."

Heute Abend ist diese Dinnerparty bei uns zu Hause und mein Dad rechnet mit meiner Anwesenheit. „Spitze", murmele ich und lege das Smartphone beiseite.

Dann werde ich also heute auch nicht in Ruhe mit Liam sprechen können. Nach letzter Nacht ist mir ziemlich klar, dass ich mich in ihn verknallt habe. Sehr verknallt sogar. Ich muss mir ja nicht länger was vormachen von wegen One-Night-Stand oder Affäre. Liam ist so süß und leidenschaftlich und interessant, dass ich einfach nicht genug von ihm bekommen kann. Er ist gerade eben zur Tür raus und fehlt mir jetzt schon.

Die Diagnose ist eindeutig. Treffer ins Herz.

Wer hätte das gedacht? Ich kann mich nicht erinnern, wann ich mal so viele Schmetterlinge im Bauch gehabt habe wie bei ihm. Vielleicht noch nie.

Es ist ein tolles und zugleich furchteinflößendes Gefühl. Was, wenn er nicht das Gleiche für mich empfindet? Sicher, er steht auf mich, aber was, wenn sein Interesse an mir doch nur auf den Sex bezogen war und bald wieder abflaut?

Meine kleine Lüge wird er bestimmt nicht mit Freude aufnehmen, ich hoffe aber, dass er mir vergeben wird, wenn ich es ihm erkläre.

Mein Handy brummt. Ich wünsche mir, dass die Nachricht von Liam ist.

Tatsächlich. Ich bin mir bewusst, dass ein dümmliches Grinsen in meinem Gesicht erscheint, als ich seinen Text mehrmals lese.

Es war so schön mir dir. Ich könnte mich Jahre mit dir einschließen und würde trotzdem niemals genug von dir bekommen. Xxx Liam

Seufz.

Ich bin fast ein bisschen wehmütig, als ich aus dem Bett aufstehe und ins Badezimmer schlurfe. Die Zeit mit ihm war viel zu kurz. Erinnerungen an unseren ersten Sex überkommen mich. Jetzt weiß ich auch, was ich Liam schreiben kann. Mit einem Lächeln tapse ich zurück und tippe eine Antwort an ihn: *Ich freue mich, dich wiederzusehen. Können wir uns morgen treffen? Ich habe heute leider einen Termin mit meinem Dad vergessen, gehe aber erst mal duschen, leider alleine ... ;-)*

Seine Reaktion erfolgt nur ein paar Sekunden später.

Himmel, wie soll ich mich danach noch auf mein Meeting konzentrieren?

Die Genießerin schweigt und legt das Handy beiseite. Stattdessen drehe ich das Wasser auf und lasse mir extra viel Zeit. Ich habe es nämlich ganz und gar nicht eilig, zum Flughafen zu kommen. Beinahe wünsche ich mir, dass ein Sturm aufzieht und wir hier festsitzen.

12

„DASS DU AUCH MAL ERSCHEINST", begrüßt mich meine große Schwester Megan mürrisch.

Jesus. Sie könnte echt mal eine Portion Entspannung vertragen. Es ist wahrscheinlich Ewigkeiten her, dass jemand sie richtig befriedigt hat. Sollte ich ihr vielleicht mal vorschlagen. So was wirkt Wunder, das weiß ich aus eigener Erfahrung.

„Was grinst du denn so komisch?", setzt sie hinterher.

„Nichts. Es ist schön, dich zu sehen, Megan", sage ich und umarme sie kurz.

Sie guckt mich verständnislos an, schüttelt dann den Kopf und verschwindet wieder im Arbeitszimmer meines Vaters. Ich schwinge mich gut gelaunt die Treppe nach oben. Ich habe noch eine gute Stunde, um mich für die Dinnerparty fertig zu machen.

Diese sechzig Minuten haben gereicht, dass meine Laune unter den Nullpunkt gesunken ist. Es scheint mir, als lägen meine Erlebnisse mit Liam Jahre zurück, dabei ist es gerade mal einen halben Tag her, seit wir uns zum letzten Mal gesehen haben. Wir sind für morgen Abend verabredet und ich wünschte, ich könnte die Zeit vordrehen. Wenigstens so weit, dass ich diese blöde soziale Verpflichtung hinter mir hätte.
Manchmal hasse ich mein Leben und dieser Moment ist einer davon. Ich bin es leid, diese Rolle zu spielen, in der

ich die gesellschaftliche Stellung meiner Familie repräsentieren muss. Immer nur als Mitglied einer Unternehmerdynastie wahrgenommen zu werden und nicht als eigenständige Person, ist so schrecklich anstrengend.

Ich nippe an meinem Champagner und sehe mich gelangweilt um. Es ist bereits dunkel draußen und leise Klaviermusik dringt über das Murmeln der Gäste hinweg an mein Ohr. Durch die offenen Terrassentüren weht ein laues Lüftchen. Eigentlich eine herrliche Kulisse für einen schönen Abend, aber ich habe zu viele Feiern dieser Art erlebt und irgendwie ist jede gleich. Für mich gibt es kein Entrinnen, es ist die Dinnerparty meines Vaters. Meine Präsenz wird erwartet. Es ist ihm wichtig, dass ich hin und wieder an seinen sozialen Aktivitäten teilnehme. Solange ich in Shanghai bin jedenfalls. Um diesen familiären Verpflichtungen zu entkommen, habe ich in den letzten fünf Jahren in den Vereinigten Staaten Schauspielerei und Drehbuchschreiben studiert. Nun habe ich meinen Abschluss in der Tasche und weiß nicht so recht, was ich damit anfangen soll. Eigentlich geht es mir sehr gut. Mir fehlt es an nichts, eher im Gegenteil. Ich habe alles, was man sich nur wünschen kann – materiell gesehen zumindest.

Wahrscheinlich liegt genau da mein Problem, an dem ich arbeiten muss. Seit ich Liam begegnet bin, ist mir klar, was mir bislang gefehlt hat. Warum ich nicht glücklich war, sollte ich daher vielleicht lieber sagen. Bei ihm fühle ich mich wohl, bei ihm kann ich sein, wie ich wirklich bin. Und das ist gleichzeitig das Beängstigende an der ganzen Sache, denn ich habe ihm noch immer nicht die Wahrheit über meine Herkunft gesagt. Zu meiner

Verteidigung rede ich mir ständig ein, dass der passende Augenblick einfach noch nicht gekommen ist. Aber das glaube ich nicht mal selbst. Es wird mit jedem Tag, den wir uns kennen, schwieriger, meine Lügen zu erklären.

Ich leere mein Glas mit einem großen Schluck. Jetzt ist nicht der richtige Zeitpunkt, mir einen Schlachtplan zu überlegen, schon gar nicht, wenn meine älteste Schwester Megan mit diesem beängstigenden Gesichtsausdruck auf mich zukommt.

„Virginia", zischt sie mir zu. „Steh hier nicht rum wie ein Ölgötze. Misch dich unter die Gäste, unterhalte dich, schließlich sind wir die Gastgeber."

Ich unterdrücke ein Augenrollen. Ich hasse es, wenn sie mich bevormundet, als wäre sie meine Mutter. „Natürlich, Megan. Sekunde, ich knipse nur kurz das Partygesicht an." Ich setze ein mechanisches Lächeln auf. Wenigstens etwas, das ich auf der Schauspielschule in Los Angeles gelernt habe. Megan atmet hörbar aus und für einen kurzen Moment presst sie ihre dezent geschminkten Lippen aufeinander, bis sie offenbar entscheidet, dass es keinen Sinn hat, ihre Energie mit mir zu vergeuden. Sie schnauft kurz und macht auf dem Absatz kehrt, um einen Herrn mittleren Alters zu begrüßen, den ich nicht kenne. Gott sei Dank, ich bin sie fürs Erste los.

Ein Kellner vom Cateringservice kommt mit einem Tablett an mir vorbei und ich tausche mein leeres Glas gegen ein volles. Dieses werde ich nicht so runterstürzen wie das vorige, denn ich spüre die Wirkung des Alkohols bereits und ich will mich nicht danebenbenehmen. So weit würde die Rebellin in mir heute dann doch nicht gehen. Für Eklats ist immer noch meine andere Schwester Ashley zuständig. Sie macht einfach, was ihr gefällt. Vielleicht bewundere ich sie dafür sogar ein bisschen. Mir als Nesthäkchen steht es jedenfalls nicht zu, aus dem Rahmen zu fallen.

In meinem Bauch hat sich nach dem Champagner eine wohlige Wärme ausgebreitet und ich fühle mich leicht und ein wenig kopflos. Das ist sehr angenehm, so kann ich den Abend besser ertragen.

Den Ausflug in ein anderes Leben habe ich so sehr genossen, dass es mir schwerfällt, wieder in meiner Wirklichkeit klarzukommen.

Apropos klarkommen. Wo ist der Gastgeber eigentlich? Ich wundere mich ein bisschen, wo mein Vater steckt. Üblicherweise ist er der strahlende Mittelpunkt seiner Dinnerpartys. Heute werden ungefähr vierzig Leute zum Abendessen erwartet, da gibt es also einiges zum Bespaßen. Unsere Villa ist groß genug, um eine Veranstaltung für mehr als hundert Gäste auszurichten, aber mein Dad legt Wert auf ein gewisses Maß an Exklusivität und die Herrschaften der Society kommen gern zu uns. Das liegt unzweifelhaft daran, dass Jonathan Prescott einer der einflussreichsten Expats in Shanghai ist. In dieser Sekunde betritt er den Raum und mein Herz setzt einen Schlag aus, als ich sehe, wen er im Schlepptau hat. Er unterhält sich angeregt und konzentriert mit … Liam. *Meinem* Liam.

Es dauert einen kurzen Augenblick, bis ich begreife, dass er es tatsächlich ist. Liam sieht mit Smoking und Fliege so anders aus, dass ich vergessen habe zu atmen. Auch wenn ich ihn auf dem Maskenball im Abendanzug gesehen habe, aber das scheint mir Lichtjahre entfernt, obwohl es noch nicht mal eine Woche her ist. Gierig sauge ich Luft in meine leeren Lungen, mein Puls rast und mir ist schwindelig.

Was zur Hölle will *er* hier?

Ich überlege fieberhaft, ob ich irgendwie ungesehen verschwinden kann, doch Dad hat mich leider schon erblickt und ist direkt auf dem Weg zu mir. Wir haben uns heute nicht getroffen und er will mich ganz offensichtlich erst mal richtig begrüßen – mit Liam an seiner Seite. Ich muss mir schnellstens was einfallen lassen. Liam folgt ihm und sieht mich jetzt an. Seine Augen leuchten kurz auf, als er mich erkennt. Er hat ja noch keine Ahnung! Ich weiß, dass er gleich überrascht sein wird, und dann wird er höchstwahrscheinlich sauer werden. Irgendwo tief in mir drinnen hoffe ich, dass er es vielleicht gelassen sehen wird, wenn ich ihm die Lage erkläre. Nach allem, was ich bisher über ihn gehört habe, glaube ich das jedoch nicht wirklich.

Mein Magen rebelliert und ich unterdrücke den Drang, mich zu übergeben. Es gibt kein Entrinnen mehr. Sie sind beinahe bei mir angekommen und mir ist noch nicht eingefallen, wie ich die Situation retten könnte. Ich schlucke und merke, dass ich nach wie vor ein gefrorenes Lächeln im Gesicht habe. Scheiße. Ich bin geliefert. Absolut geliefert.

„Virginia, Liebes", begrüßt mich Dad mit einem Lächeln und gibt mir wie immer, wenn er mich trifft, ein Küsschen auf die Wange. „Wie schön, dass du da bist. Darf ich dir Liam Granger vorstellen? Wir arbeiten an einem gemeinsamen Projekt."

Vorsichtig sehe ich ihn an und begegne seinem Blick. Liams blaue Augen drücken zunächst Erstaunen aus, bis er begreift, dass etwas nicht stimmt. Jetzt lese ich bittere Enttäuschung darin und mir wird ganz schlecht. So viel Kommunikation, ohne ein Wort mit mir zu wechseln, in wenigen Sekunden. Liams Gesichtszüge sind verhärtet, jegliche Farbe ist aus seinem Gesicht gewichen. Ein Ruck geht durch seinen Körper, er fängt sich und hält mir seine Hand hin. Er schafft es sogar, zu lächeln. Es ist genauso unecht wie meines. Mein Vater scheint nichts von alledem mitzubekommen. Er hatte noch nie so feine Antennen, was die emotionale Ebene anbelangt.

„Liam Granger, guten Abend", höre ich Liams dunkle Stimme. Würde ich sie nicht so gut kennen, wären mir die zarten Nuancen in seinem Tonfall gar nicht aufgefallen, die mir deutlich zeigen, wie sehr ihn die Tatsache mitnimmt, dass ich nicht die bin, für die er mich gehalten hat. Mir zerreißt es beinahe das Herz, weil ich ahne, was seine Reaktion bedeutet.

Liam hasst Unehrlichkeit und Oberflächlichkeit so sehr, dass es kaum etwas Schlimmeres für ihn gibt, als belogen zu werden. Er hat triftige Gründe dafür, so zu denken. Trotzdem habe ich sein Vertrauen missbraucht, dabei hatte ich tausend Gelegenheiten, ihm reinen Wein einzuschenken. Aber ich habe es nicht getan und mich damit ins Aus katapultiert. Es ist offensichtlich, was das für mich heißt. Liam ist kein Mann, der sich manipulieren lässt, es mit einem Lächeln übergeht und anschließend zur Tagesordnung zurückkehrt. Vielleicht habe ich noch ein winziges Fünkchen Hoffnung, dass er das Spiel hier vor meinem Vater einfach mitspielt und ich es ihm nachher erklären kann, ohne dass er total ausflippt. Ich klammere mich an diesen Strohhalm.

„Virginia Prescott", flüstere ich tonlos und erwidere seinen Händedruck. Das bekannte Prickeln ergreift Besitz von meinem Körper. Ehe ich etwas ergänzen kann, zieht er seine Finger zurück. Hiermit ist endgültig klar, dass ich für ihn Geschichte bin.

„Virginia, Liebling, würdest du dich einen Moment um Liam kümmern und ihn ein wenig herumführen? Ich sehe gerade, dass Anthony Kepler eingetroffen ist, ich muss ihm Hallo sagen. Entschuldigt mich bitte für einen Augenblick." Er nickt Liam zu und ist schon auf dem Weg zu besagtem Neuankömmling.

Meine Beine zittern unkontrolliert und ich bin kurz davor, den Halt zu verlieren. Weil es meine einzige Chance ist, vielleicht doch noch etwas zu retten, fasse ich all meinen Mut zusammen und wende mich an den Mann, dem mein Herz gehört. „Sollen wir ein bisschen frische Luft schnappen? Dann kann ich dir alles erklären." Vorsichtig suche ich Liams Blick. Ich fürchte mich vor seiner Reaktion.

Der Ausdruck in seinen intensiven blauen Augen sagt mir mehr, als tausend Worte es könnten. Es sind Gleichgültigkeit, Kälte und Enttäuschung. Dabei schüttelt er kaum merklich mit dem Kopf. „Danke, *Virginia*, aber ich glaube, ich möchte mir das nicht anhören. Das ist pure Zeitverschwendung."

Seine dunkle Stimme ist so leise, dass ich ein Stück näher kommen muss, um ihn zu verstehen. Bis die Botschaft wirklich zu mir vorgedrungen ist, vergehen einige Sekunden und ich schaue ihn verzweifelt an. Ein harter

Zug liegt um seinen sinnlichen Mund und ich weiß, dass es sinnlos ist, ihn um Vergebung zu bitten.

Ich habe ihn verloren. Ich bin zu weit gegangen. Als ich das begreife, zerbricht etwas in mir. Der Drang, mich in seine Arme zu werfen und ihn um Verständnis zu bitten, ist groß, aber wir sind nicht allein. Es hätte ohnehin keinen Sinn. Liam ist verletzt und vor allem eines: Er ist fertig mit mir. Er hat es nicht nötig, sich mit einer Lügnerin abzugeben. Das hat er mir vor weniger als vierundzwanzig Stunden sehr deutlich gemacht und nun muss ich die Konsequenzen tragen.

„Guten Abend, Miss Prescott." Mehr höre ich nicht von ihm, denn er lässt mich eiskalt stehen. Meine Kehle ist trocken und ich spüre ein Brennen in meinen Augen. Ich werde nicht weinen, nicht hier, vor allen Leuten. Gefühlsausbrüche gibt es im Hause Prescott nur hinter verschlossenen Türen. Ohne eine Regung sehe ich ihm nach. Seine Schultern wirken im Smoking noch breiter, als sie auch so schon sind. Vielleicht ist das das letzte Mal, dass ich diese Aussicht genießen kann. Mein Herz wird bei diesem Gedanken seltsam schwer. Ich atme tief ein und versuche mich zu fangen, bevor die Tränen mich doch noch übermannen.

Er dreht sich nicht zu mir um, sondern marschiert direkt zum Kellner und nimmt sich ein Glas mit einer braunen Flüssigkeit vom Tablett. Vermutlich Scotch. Mein Vater hat eine Leidenschaft für das rauchige Aroma edler Tropfen und unsere Gäste lässt er gern davon kosten. Ich persönlich bevorzuge Champagner, im Moment ist es mir allerdings herzlich egal, was in dem Kelch in meiner Hand schwimmt.

Ich kann nicht fassen, was eben passiert ist. Leider ist es kein Albtraum, aus dem ich gleich erwachen werde. Liam trinkt seinen Drink ex und schüttelt sich leicht, ehe er den Saal verlässt. Das war es dann wohl.

Ich habe es vermasselt.

In dieser Sekunde betritt Yang den Raum und meine Aufmerksamkeit wird auf ihn gelenkt. Er erblickt mich und lächelt mich an. Ich bin zwiegespalten. Einerseits möchte ich Liam hinterherlaufen und ihm alles erklären, andererseits kann ich echt nicht riskieren, auf Dads Party eine Szene zu machen. Wir haben als Familie genug erlebt und ein Eklat, egal in welcher Form, kommt im Hause Prescott nach dem, was mit meiner Mutter passiert ist, nicht infrage. Der Fall wurde nie gelöst, aber es haftet immer noch etwas an meinem Vater, was wohl nie vollständig verschwinden wird. In der Nacht, als sie verschwunden ist, waren sie auf einer Feier, dort haben sie sich lautstark und heftig gezankt. Dann hat mein Vater sie förmlich in den Wagen gezerrt und die Veranstaltung mit ihr verlassen. Als er am nächsten Morgen aufwachte, war sie verschwunden. Es gab keine Anzeichen eines Kampfes oder einer Entführung. Sie war einfach weg, als wäre sie nie da gewesen. Vom Erdboden verschluckt. Da Zeugen gesehen hatten, dass sie sich auf der Party zuerst gestritten und dann zusammen aufgebrochen waren, und auch mein Vater ausgesagt hatte, dass sie gemeinsam nach Hause zurückgekehrt waren, hatte man zunächst eine Familientragödie vermutet.

Mein Vater hatte sich nach dem Streit im Schlafzimmer eingeschlossen, um seinen Ärger in Alkohol ertränken, wo er schließlich auch eingeschlafen war. Zu dieser Zeit kam das wohl häufiger vor. Man sagte mir, dass die Ehe der beiden quasi am Ende gewesen sei. Obwohl es nie laut ausgesprochen wurde, lag der Verdacht nahe, dass es ein Unglück gegeben hatte. Wochenlang wurde nach meiner Mum gesucht, jedoch wurde nie auch nur der Hauch einer Spur gefunden. Natürlich spricht man in der Society nicht darüber, dafür sind wir zu wohlhabend und zu einflussreich, als dass man uns schneiden würde. Das heißt aber nicht, dass es nicht hinter vorgehaltener Hand getan wird. In Wahrheit ist es so: Die Leute haben sich monatelang das Maul über uns zerrissen. Genau aus diesem Grund sind wir nach China ausgewandert. In England hätten wir als Familie einfach keinen Frieden mehr gehabt. Das sagte man mir jedenfalls, ich erinnere mich nicht daran. Das Glück des Nesthäkchens.

„Guten Abend, Virginia", begrüßt mich Yang freundlich und gibt mir links und rechts ein angedeutetes Küsschen auf die Wange. Er riecht frisch und männlich. Er sieht gut aus, schlank, nicht zu dünn. Groß, aber kein Riese. Dazu hat er diese gewisse Ausstrahlung, die nur Männer haben, die wissen, wie man mit Macht umgeht. Er schüchtert mich ein bisschen ein, um ehrlich zu sein. Möglicherweise bin ich doch keine so schlechte Schauspielerin, wenn er mir meine Koketterie abnimmt.

„Hallo, Yang. Wie schön, Sie hier zu sehen. Ich muss mich entschuldigen, ich habe mich noch gar nicht für die Einladung bedankt. Das hole ich hiermit nach", gebe ich mit einem strahlenden Lächeln zurück. Sein Gesichtsausdruck hellt sich auf.

Na also, es geht doch.

In Gedanken bin ich leider immer noch zumindest mit der Hälfte meines Bewusstseins bei Liam. Ich entdecke ihn nicht, obwohl ich meinen Blick wiederholt durch den Raum schweifen lasse. Vielleicht ist er gegangen. Das würde ich ihm zutrauen. Er hat es nicht nötig, Geschäfte um jeden Preis zu machen, und mein Vertrauensbruch ist Grund genug, den Deal mit meinem Dad abzublasen.

„Ich freue mich, dass Sie zugesagt haben, Virginia. Das macht mich zu einem glücklichen Mann."

„Ach, ich bitte Sie. Ich bin es, die sich glücklich schätzen muss. Darf ich Ihnen etwas zu trinken anbieten? Ich fühle mich ganz schlecht, Sie nicht versorgt zu wissen."

Yang nickt kaum merklich. „Ja, gern."

Ich hebe meine Hand und winke eine der Servicekräfte zu uns heran. Mein Glas ist beinahe leer, aber ich sollte keinen weiteren Alkohol zu mir nehmen. Der erste Champagner ist mir bereits leicht zu Kopf gestiegen und ich kann und will mir heute Abend nicht noch einen Fehltritt erlauben. Nach den Ereignissen der letzten Minuten brauche ich dringend meinen klaren Verstand. Ich atme tief durch. Es ist nun nicht mehr zu ändern. Das Kind ist in den Brunnen gefallen, wie man so schön sagt. Ich hoffe, ich erwische Liam nachher in einer ruhigen Ecke, falls er überhaupt noch hier ist. Ich könnte mich selbst ohrfeigen, dass ich ihm gestern nicht die Wahrheit gesagt habe, als ich die Gelegenheit dazu hatte.

Die Bedienung bietet Yang einen Scotch an und er greift zu. „Wollen Sie nichts mehr, Virginia?"

Ich will nichts, aber es wäre grob unhöflich, Nein zu sagen. „Ja, sicher. Holen Sie mir bitte ein Glas Wasser", wende ich mich an die Dame mit dem Tablett.

Yang sieht mich forschend an.

„Es ist schrecklich heiß hier, nicht?", erkläre ich und er drückt meine Hand aufmunternd.

O mein Gott. Er denkt doch nicht etwa?

Ach du liebe Zeit. Da hat er ja wohl was komplett falsch verstanden. Heute trete ich anscheinend in jedes Fettnäpfchen, das sich mir bietet. Egal, ich werde ihm jetzt nicht verklickern, dass ich kein persönliches Interesse an ihm habe. Außerdem könnte ja auch ich diejenige sein, die möglicherweise etwas missversteht. Vielleicht geht es ihm ja wirklich nur um eine eventuelle Zusammenarbeit.

„Sagen Sie, Yang, was gibt es Neues bei Ihnen?", rette ich mich aus der Situation und trinke einen Schluck Wasser, nachdem mir die Bedienung endlich ein frisches Glas gebracht hat.

Das scheint sein Stichwort zu sein und er legt los. Mir fällt gleich auf, dass er sich offenbar gern selbst zuhört. Bis wir von meinem Dad aufgefordert werden, zu Tisch zu gehen, lässt er sich über seine neusten Ideen aus, deutet mehrfach indirekt an, dass er großes Potential in mir sieht, und stellt mir dabei so ungefähr die Hauptrolle in einer spannend klingenden Serie in Aussicht. Das könnte mein Sprungbrett sein. Der Kick, der meiner Karriere noch gefehlt hat, präsentiert sich zum Greifen nahe. Ich bin fünfundzwanzig, wenn ich es jetzt nicht langsam mal schaffe, wird es niemals was. Das ist mir ganz klar.

Ich habe Mühe, mein Lächeln aufrechtzuerhalten, als wir am Tisch ankommen. Das ganze Gerede um eine mögliche Rolle ist vergessen. Es interessiert mich viel mehr, dass Ashley neben Liam gesetzt wurde und ich neben

Yang sitzen muss. Natürlich nimmt Liam keinerlei Notiz von mir. Im Gegenteil, er unterhält sich prächtig mit meiner Schwester und würdigt mich keines Blickes. Zu meinem Missfallen trägt sie ein äußerst sexy Kleid, das mehr enthüllt als verdeckt. Die blöde Kuh.

Immerhin ist er dageblieben, versuche ich mir die Situation schönzureden. Vielleicht habe ich nachher doch noch die Gelegenheit, mit ihm zu sprechen. Dass er noch hier ist, werte ich als ein einigermaßen gutes Zeichen.

Es sind nur vierzig Gäste eingeladen, aber mir schwirrt schon nach einer halben Stunde der Kopf. Es fällt mir schwer, allen zu folgen, und im Verlauf des Menüs wird es nicht besser. Gezwungenermaßen widme ich meine Aufmerksamkeit Yang, der sichtlich erfreut darüber ist. Liam hat mich nur ein einziges Mal angesehen und sein Ausdruck war nichtssagend, beinahe gelangweilt. Entweder ist er ein verdammt guter Schauspieler oder das war es wirklich mit uns. Ashley würde ich am liebsten die Augen auskratzen. Ihr scheint Liam gut zu gefallen, obwohl er eigentlich nicht ihrem Beuteschema entspricht. Sie schnappt sich für gewöhnlich nur die taffsten und coolsten Typen, bei denen sich meinem Vater regelmäßig die Zehennägel nach oben rollen. Sie hat einen Hang zu Bad Boys und den lebt sie ungeniert aus.

Ich habe nie den Mut besessen, etwas mit jemandem anzufangen, der keine passende Partie für mich wäre. Wahrscheinlich lag darin auch immer mein Problem. Liam ist ein Sonderfall, ich habe keine Ahnung, was für ein Geschäft er mit meinem Vater plant. Allein die Tatsache, dass mein Vater ihn auf beruflicher Ebene ernst nimmt, qualifiziert Liam dafür, mit einer von uns zusammen zu sein. Mein Vater wäre in unserer Beziehung also keine Hürde. Es kann aber durchaus sein, dass ich mich mit meinem Verhalten selbst disqualifiziert habe.

Nachdem das Dessert abgeräumt ist, entschuldige ich mich für einen Augenblick und wasche mir die Hände. Ich lasse mir absichtlich lange Zeit auf der Toilette, denn mein Bedürfnis, zu Tisch zurückzukehren, geht gegen null. Trotzdem sehe ich nach, ob Liam noch da ist. Leider kann ich ihn nirgends entdecken. Entweder ist er gegangen oder er hatte die gleiche Idee wie ich. Ich muss frische Luft schnappen. Lust auf Gesellschaft habe ich keine, außer der von Liam natürlich, aber ich kann ihn nicht finden. Die Terrasse ist leer und so habe ich einen Moment für mich. Um ganz sicherzugehen, dass er nicht vielleicht doch hier draußen ist, mache ich einen kleinen Spaziergang durch unseren Garten. Überall am Wegesrand stehen Lichter, die die Blumen und Beete hübsch anstrahlen. Als ich um die Ecke biege, bemerke ich, dass jemand auf der weißen Bank sitzt. Beim Näherkommen stelle ich mit klopfendem Herzen fest, dass es tatsächlich Liam ist, der dort in den Himmel starrt.

„Darf ich?", beginne ich vorsichtig, als ich auf seiner Höhe angelangt bin.

Er sieht mich nicht an. „Es ist dein Zuhause, tu, was du nicht lassen kannst." Die Kälte in seiner Stimme schnürt mir das Herz zusammen und meine Hoffnung schwindet.

„Liam, ich kann es dir erklären …"
Er hebt müde eine Hand, lässt sie aber sofort wieder sinken. „Weißt du, Virginia, bis vor wenigen Stunden dachte ich, das, was wir hatten, wäre etwas Besonderes."

Ich muss schlucken. „Hör zu, ich habe dir nicht meinen richtigen Namen genannt, weil …"

„Es tut nichts zur Sache", unterbricht er mich scharf und schneidet mit der Hand durch die Luft, als würde er die unsichtbare Verbindung zwischen uns trennen wollen. „Ich will es nicht hören. Weißt du, warum nicht? Weil ich Menschen hasse, die unaufrichtig sind. Deine Motivation ist mir gleich, Virginia. Der Name passt im Übrigen viel besser zu dir. Deine Eltern haben eine gute Wahl getroffen. Haken wir unser Ding als Affäre ab. Kurz und heftig, aber sie ist beendet. Mit Lügnern will ich nichts zu tun haben, egal, aus welchem Grund auch immer sie gelogen haben."

Es so direkt gesagt zu bekommen, trifft mich mehr, als ich mir je hätte ausmalen können. Tränen brennen in meinen Augen, ich versuche, sie wegzublinzeln. Ich will keine dämliche Heulsuse sein.

„Ich verstehe, dass du enttäuscht von mir bist, aber gib mir doch bitte eine Chance, es wiedergutzumachen."

„Ich habe keinen Bedarf. Es tut mir leid. Ich empfinde nichts für dich, Virginia. Es macht keinen Sinn. Die Frau, die ich mochte, nannte sich Amélie, aber das ist vorbei." Er atmet hörbar aus. „Lass uns kein Drama daraus machen", ergänzt er noch und Wut steigt in mir auf. Er empfindet also nichts für mich. Wenn das so ist, dann sollte ich mich nicht vor ihm auf die Knie werfen und um Entschuldigung betteln. Womöglich hätte er auch ohne meine Lüge bald genug von mir gehabt. Ein Mann wie er bleibt wohl nicht lange allein, vielleicht wartet ja schon die Nächste auf ihn. Ja, ganz sicher sogar. Egal, was er mir erzählt hat, von wegen er würde selten zu Verabredungen gehen.

Ich straffe meinen Rücken und trete einen Schritt zurück, bevor ich ihm antworte. „Nein, natürlich nicht. Keine Sorge, ich mache dir keine Szene und versaue dir nicht den Deal mit meinem Dad. Gutes Gelingen dabei, was auch immer ihr für ein gemeinsames Projekt plant. Ich finde es schade, dass du nicht mal hören willst, welche Gründe ich hatte, Liam. Wenn es so ist, dann kann ich es nicht ändern. Möglicherweise passt es dir auch ziemlich gut in den Kram, dass du dich nicht länger mit mir herumschlagen musst."

Ich atme lautstark aus und funkele ihn wütend an. Sein hübsches Gesicht ist nur wenig vom Mondlicht erhellt, es genügt aber, um die steile Falte zwischen seinen Augen zu erkennen.

„Es geht mir nicht um das Geschäft, so gut müsstest du mich mittlerweile kennen. Ich habe mich einfach in dir getäuscht. Leider."

Na wundervoll, er ist also enttäuscht von mir.

„Ach ja? Vielleicht haben wir ja beide nicht gezeigt, wer wir wirklich sind." Mein Stolz ist stärker als der Schmerz. Ich drehe mich ohne ein weiteres Wort um und laufe davon. Eine einzelne Träne rinnt über meine Wange und ich wische sie zornig ab. Wem hat heulen jemals etwas gebracht? Mir nicht. Niemandem. Ich weine nicht. Und schon gar nicht wegen eines Kerls.

Auf dem Weg ins Haus begegnet mir Emma. Sie sieht mich fragend an, ich winke nur ab. Ich kann jetzt nicht darüber reden. „Entschuldige mich bitte bei Dad, ich habe eine fürchterliche Migräne bekommen."

„Soll ich dir einen Tee nach oben bringen lassen?"

„Nein danke. Ich muss mich einfach nur hinlegen, dann wird es gehen."

„Okay, wenn was ist, sag bitte Bescheid, Virginia. Du warst den ganzen Abend schon so blass."

Wirklich? Ich gebe wahrlich eine jämmerliche Schauspielerin ab. Wahrscheinlich sollte ich das Thema Filmemachen endgültig ad acta legen. Vorerst muss ich aber vor allem eins: mich beruhigen. Liam ist ein Arschloch, wenn er glaubt, mich nicht mal anhören zu müssen. Ich hätte es zumindest verdient, dass er mir eine Möglichkeit gibt, ihm meine Sicht der Dinge zu erklären. Dass ich ihm nicht mal das wert bin, tut mir weh. Demnach war das, was wir hatten, tatsächlich nicht mehr als ein kurzes Liebesabenteuer. Nun ja, das ist jetzt auf jeden Fall vorbei.

13

„SIEH NUR, SIE STARTEN GLEICH!", ruft Kate entzückt und zeigt auf die Startkabinen der Pferderennbahn. Kate ist die Zweitälteste von uns und gleichzeitig das Vorzeigekind. Mit ihrem übergroßen Hut und dem eng anliegenden Kleid stiehlt sie Ashley und mir hier auf der Tribüne mal wieder absolut die Show, worüber ich zur Abwechslung allerdings ganz dankbar bin. Sie zieht mit ihrer Schönheit und ihrem Outfit alle Blicke auf sich. Sie ist ein echter Hingucker.

Meine Großmutter fächelt sich permanent Luft zu, ihr ist das Klima in Hongkong definitiv zu schwül. Mir eigentlich auch, aber ich bin natürlich viel jünger als sie und kann das alles besser wegstecken. Mein Dad studiert derweil eifrig seine Wettliste. Wegen ihm sind wir hier. Pferderennen sind seine Leidenschaft. Hier und da ein Rennen am *Happy Valley Racecourse* in Hongkong zu besuchen, ist fast schon so was wie eine Familientradition. Megan und Tessa sind verhindert, immerhin sind drei von fünf Schwestern anwesend.

Mein Smartphone schweigt zuverlässig. Seit vierzehn Tagen. Also das von Amélie zumindest. Was hatte ich mir nur gedacht? Dass Liam mich einen Tag später anrufen würde, um mir großherzig zu vergeben? Sicher nicht. Das entspricht nicht seinem Charakter. Und meinem entspricht es nicht, einem Mann hinterherzulaufen. Er hat mir klipp und klar gesagt, dass es das gewesen ist, und ich bin sogar ein klitzekleines bisschen froh darüber, dass uns weitere Dramen erspart bleiben. Es wäre ohnehin niemals gut gegangen. Wir passen überhaupt nicht zusammen. Liam ist so anders als ich und das jähe Ende einer heftigen Affäre bewahrt uns beide vor einer Menge Ärger. Trotzdem muss ich auch zwei Wochen nach unserer letzten Begegnung jeden Tag an ihn denken. Ich hoffe, das wird mit der Zeit vergehen, denn nüchtern betrachtet wäre eine Beziehung mit Liam nie das, was ich mir wünschen würde. Das hat zwei Gründe. Zum einen, weil er mit meinem Dad arbeitet, und zum zweiten, weil er mich nicht wirklich kennt. Er hat eine Frau getroffen und gemocht, die mir so gar nicht ähnlich ist. Ein bisschen wehmütig bin ich dennoch, weil mir das Leben als Amélie eigentlich ganz gut gefallen hat. Das werde ich aber niemandem verraten, denn es sind nur bescheuerte Phantasien und nicht die Realität.

„Auf wen hast du gesetzt, Jonathan?", fragt Granny und beugt sich über seine Liste.

„Natürlich auf *Tinkerbell*." Er klingt fast ein Stück weit empört, dass sie nicht weiß, welches sein Pferd ist. Ja, richtig, aus Spaß hält er sich einen eigenen Rennstall. Kann man machen, wenn man reich genug ist. Wir Schwestern haben alle eine klassische englische Reitausbildung genossen. Auch wenn wir als Expats in Asien leben, sollte man nicht alle Traditionen über Bord werfen, hat er uns immer gesagt, wenn wir mal wieder maulig waren und keine Lust auf die Reitstunden hatten.
Ein Lächeln schleicht sich in mein Gesicht, während ich meinen Dad beobachte. Es ist schön, ihn mal entspannt

zu sehen. Oder zumindest nicht bei der Arbeit, denn entspannt ist er gerade nicht wirklich. Üblicherweise hat er sonst nur seine Geschäfte im Kopf. Dass der Mann so gar kein Privatleben hat, finde ich ein bisschen traurig. Er sieht einigermaßen gut aus für jemanden in seinem Alter. Er ist nicht fett und hat keine Glatze. Alles noch dran. Mehr muss ich als Tochter nicht wissen. Vielleicht hatte er ja die eine oder andere Affäre, wer weiß das schon. Falls ja, hat er es stets diskret arrangiert. Immer wieder frage ich mich, ob da was zwischen ihm und unserer ehemaligen Nanny Emma sein könnte, und dann sehe ich sie zusammen und verwerfe den Gedanken. Eigentlich würde es passen, immerhin ist die Frau seit über zwanzig Jahren bei uns im Haus, sie sieht hübsch aus und ist Witwe. Wie mein Dad ein Witwer ist. Oder wie auch immer man seinen Status bezeichnet. Offiziell wurde meine Mum nie für tot erklärt.

Nach allem, was ich gehört habe, liegt es nicht daran, dass er für den Rest seines Lebens nur sie lieben könnte, denn die Ehe meiner Eltern schien am Ende gewesen zu sein. Das zumindest haben mir meine großen Schwestern verraten, weil ich nie aufgegeben und sie ständig über unsere Vergangenheit in England ausgefragt habe.

„Virginia, was meinst du?", reißt Granny mich aus meinen Überlegungen.

„Was?"

„Wie bitte, heißt das", maßregelt sie mich mit ihrer strengen, faltigen Miene, die sie immer aufsetzt, wenn sie einen Erziehungsversuch startet.

„O Gott, Granny, entschuldige bitte vielmals. Wie bitte?", verbessere ich mich und versuche, nicht meine Augen zu verdrehen.

„Du bist absolut nicht bei der Sache. Was ist denn los? Geht's dir nicht gut?"

„Doch, doch. Die Hitze", rede ich mich heraus und wedele schnell mit dem Programm vor meinem Gesicht, um wenigstens halbwegs glaubwürdig zu erscheinen.

Der Startschuss fällt und zum Glück richtet sich alle Aufmerksamkeit auf den Rennkurs. Dads Pferd läuft mit der Nummer Sieben. Es sieht alles nach einem Start-Ziel-Sieg aus, *Tinkerbell* führt um Pferdelänge. Zwei Reiter sind von ihren Tieren gestürzt und die herrenlosen Pferde fallen sofort zurück. Auf dem dritten Viertel der Strecke kommt ein Rappe aus dem Hinterfeld, als hätte er einen Booster gezündet. Die Nummer Neun. Die Leute um uns herum jubeln, schreien und feuern ihre Lieblinge an. Ich sehe ins Programm, die Nummer Neun interessiert mich jetzt auch. Das Tier heißt passenderweise auch noch *Latebloomer*, als ob es das immer so machen würde.

„Dad, kennst du die Neun?", frage ich.

Er grummelt irgendwas in seinen nicht vorhandenen Bart und als *Latebloomer* als Erster über die Ziellinie galoppiert, springt er auf und knallt seinen Zettel vor sich auf den Boden. „Das darf doch nicht wahr sein! So eine verdammte Scheiße!"

„Jonathan!", echauffiert sich meine Großmutter und ich kichere in mich hinein und wechsele eindeutige Blicke mit meinen Schwestern. Wenigstens zieht Granny das mit ihren guten Manieren durch, wenn sie sogar ihren erwachsenen Sohn auf Fehler hinweist.

Dad regt sich noch ein paar Minuten auf, während auf der Rennbahn schon der nächste Lauf vorbereitet wird.

Nach dem letzten Rennen schleppt mein Vater Kate und mich zu den Ställen, nur Ashley darf bei Granny bleiben. Sie sagt, bei der Hitze könne sie den Gestank von Pferdemist nicht auch noch ertragen. Meine Schwester erbarmt sich in diesen Situationen gern, denn sie ist die Ästhetin unter uns, die einem Geschäft wie dem Pferdesport wenig bis gar nichts abgewinnen kann. Für sie müsste es schon eine Dressurveranstaltung sein, damit man sie halbwegs begeistern könnte, und mit Pferdeleuten hat sie absolut gar nichts am Hut. Wenn das hier allerdings eine Vernissage wäre, würde man sie garantiert in der ersten Reihe finden. Wenn es darum geht, den ausstellenden Künstler zu treffen, wäre sie Feuer und Flamme, aber so …

Nachdem wir die Stufen der Tribüne hinuntergestiegen sind, gehen wir um die Ecke und mein Herz setzt einen Schlag aus, als mein Blick auf einen Mann im braunen Anzug fällt. Das ist doch … Mein Gott, ich hätte nie im Leben damit gerechnet, ihm hier zu begegnen. Die Welt ist so klein und eigentlich sollte es mich nicht überraschen, Liam auf einer derartigen Veranstaltung über den Weg zu laufen. Australier lieben Pferde ebenso sehr wie wir Engländer. Liegt sicher zu einem großen Teil daran, dass die meisten heutigen Aussies ursprünglich fast alle aus Europa stammen, vielmehr ihre Vorfahren. Was soll ich zu ihm sagen? Soll ich ihn ignorieren oder höflich anlächeln? Meine Gedanken überschlagen sich, während wir dichter auf ihn zugehen. O mein Gott, jetzt dreht er sich um. Er wendet mir sein Gesicht zu und ...

Er ist es nicht.

Es ist nicht Liam.

Ich möchte mich am liebsten ohrfeigen. Der Mann sieht ihm von vorn nicht mal im Entferntesten ähnlich. Da hat mir mein Gehirn einen schönen Streich gespielt. Schnell wende ich meinen Blick ab. Zum Glück haben weder mein Dad noch meine Schwester etwas von meinem Schock mitbekommen. Mein Vater führt uns zielsicher zu seinen Tieren, der hat gerade sowieso nur die Pferde im Kopf. Er wechselt ein paar Worte mit seinem Stallchef, ich höre nur halbherzig hin.

„Hey, Cody, Sie haben's mir heute mal wieder gezeigt! Herzlichen Glückwunsch", ruft mein Dad über Kates und meinen Kopf hinweg. Ich drehe mich um, um zu sehen, mit wem er spricht. Ein Typ in kariertem Hemd, dreckigen Jeans und mit Stetson grinst breit. Jetzt zieht er seinen Hut und deutet einen Gruß an.

„Tag, Jonathan. Vielen Dank, *Latebloomer* bekommt heute eine Extraportion Hafer!" Seine braunen Augen blitzen stolz.

„Weißt du, wer das ist?", frage ich Kate leise, um mich von meinen ewigen Gedanken an Liam abzulenken.

„Ja, das ist Cody Hawkins. Amerikaner." Mehr sagt sie erst mal nicht und ich muss mir den Rest denken.

„Kommen Sie, Cody, ich möchte Ihnen meine Töchter vorstellen."

Mit wenigen langen Schritten ist der hochgewachsene Cowboy bei uns und strahlt breit in die Runde. Ihn umgibt eine kraftvolle und dynamische Aura, der Mann weiß, was er will.

„Das hier sind Kate und Virginia. Mädchen, das ist Cody Hawkins, ihm gehören einige der schnellsten Pferde der Welt." Die Anerkennung in Dads Stimme ist nicht zu überhören. Ich nehme mir die Zeit und mustere den Neuankömmling ausgiebig. Ich schätze ihn auf Ende zwanzig, vielleicht Anfang dreißig. Er ist gut gebaut, breite Schultern, schmale Hüften. Sein Gesicht ist gebräunt, wie man es von jemandem erwartet, der viel draußen arbeitet.

„Schön, Sie kennenzulernen", begrüßt er uns, schüttelt Kate und mir die Hand. Sein Händedruck ist warm und kräftig. Ich spüre die Schwielen an seiner Handfläche. Es sieht ganz danach aus, dass er nicht nur auf der Veranda seiner Ranch sitzt und Eistee trinkt.

„Ebenfalls", sagt Kate und ich lächele nur.

Dann tritt er wieder einen Schritt zurück und setzt sich seinen Cowboyhut auf. „Ich lade Sie gerne zu uns auf die Newfall Ranch ein, dann können Sie sehen, wie wir unsere Tiere aufziehen, Jonathan. Und Ihre Töchter natürlich auch", ergänzt er lächelnd und nickt uns zu. Der Kerl ist kein Kostverächter, das ist mir nach wenigen Augenblicken klar. Aber ich habe kein Interesse an einem Cowboy mit einer Pferdezucht irgendwo in der amerikanischen Pampa.

Mein Dad klopft ihm auf die Schulter. „Das mache ich vielleicht sogar wirklich. Es interessiert mich brennend, mit welchen Top-Pferden Sie demnächst die Spitzenränge erobern wollen."

Er grinst und ich kann seine weißen, geraden Zähne sehen. „Werde, mein Lieber. Werde! Und sehr gerne, ich habe keine Geheimnisse. Und ich lasse meine Pferde nicht nur auf Rennen starten, ich züchte auch und verkaufe die Nachkommen meiner besten Tiere. Also falls Sie Bedarf haben …"

Kate rückt ihren Hut zurecht und lacht. „Sie haben ja keine Ahnung, worauf Sie sich da einlassen, Cody. Mein Vater ist ein echt harter Verhandlungspartner."

Cody zwinkert und ich kann mir vorstellen, dass er bei Frauen damit landet. Ich finde ihn nett, mehr nicht.

„Sie kennen mich nicht, Miss. Ich bin zwar jung, aber mein eigener Dad hat mir sehr viel beigebracht."

„Das glaube ich Ihnen anstandslos, Cody. Lassen Sie uns in Kontakt bleiben und ich schaue, wann ich eine Reise zu Ihnen planen kann. Ich habe meine Termine momentan nicht im Kopf."

„Selbstverständlich, Jonathan. Rufen Sie durch, ich freue mich darauf."

Die beiden Männer schütteln noch einmal die Hände, dann tippt Cody mit zwei Fingern an seinen Stetson, nickt uns zu und marschiert mit langen, kraftvollen Schritten davon.

„Na, habt ihr Lust auf einen Trip nach Amerika?", fragt Dad uns. Kate und ich tauschen einen Blick, der mir sagt, dass sie diese Newfall Ranch ebenso wenig wie ich besichtigen möchte.

„Äh, also ich weiß nicht. Ich habe im Sommer echt schon einige Aufträge, die ich …", fängt Kate an. Das bedeutet übersetzt, dass sie Cody zwar nett, aber nicht so attraktiv findet, dass sie mit ihm und Dad drei Tage auf einer Ranch alle Pferde durchtesten möchte. Die beste Reiterin von uns fünf Kindern war immer Tessa, aber das ist lange her und sie ist heute nicht mit dabei. Mittlerweile arbeitet sie als Model und macht sich die Finger nicht mehr beim Hufeauskratzen schmutzig. Sie jettet von einer Metropole zur nächsten und liebt es, im Rampenlicht zu stehen. Ich kann mir nicht vorstellen, dass sie das Bedürfnis hat, irgendwo in der Prärie staubige Luft einzuatmen. Die Pferde von Cody Hawkins mögen ja Spitzenklasse sein, das amerikanische Hinterland ist es jedenfalls nicht. Ich glaube, ich spreche für uns alle, wenn ich sage, dass keine von uns mit Kaugummi kauenden Cowboys mehr Zeit als nötig verbringen will. Zumindest nicht, wenn es sich vermeiden lässt. Ich hebe abwehrend die Hände. „Kann ich dir noch gar nicht sagen. Ich habe ein Angebot von Yang bekommen, bei einer Serie mitzuspielen."

Dads Augen leuchten auf. „Wirklich? Das ist ja phantastisch. Du hast gar nichts erzählt!"

„Es ist ja noch nichts spruchreif", versuche ich mich aus der Situation zu winden. Vielleicht habe ich mich auch zu weit aus dem Fenster gelehnt, denn so konkret hat Yang mir ja noch gar keinen Vorschlag unterbreitet. Bisher waren es lediglich Andeutungen.

„Na gut." Er nickt. „Schauen wir mal, wer am Ende von euch mitkommt. So, lasst uns aufbrechen. Ich bin mir sicher, eure Großmutter hat nicht die Geduld, noch viel länger auf der Rennbahn zu schwitzen."

14

ALS HÄTTE ICH ES BESCHRIEN, ruft mich Yang tatsächlich am nächsten Morgen an und wir verabreden uns zum Mittagessen. Geschäftsmäßig, aber nicht zu förmlich gekleidet, treffe ich pünktlich zur vereinbarten Zeit am Restaurant ein. Eine Bedienung führt mich zum Tisch, an dem Yang bereits auf mich wartet.

„Hallo, Virginia, wie schön, Sie zu sehen." Er begrüßt mich mit Küsschen auf beide Wangen.

„Freut mich ebenso, dass das so schnell geklappt hat. Wirklich wunderbar"

Nach ein bisschen Smalltalk ordert Yang ein paar Speisen für uns, er erkundigt sich höflich, was ich mag und was nicht. Die Gerichte und letztendlich auch Getränke bestellt immer derjenige, der einlädt. So ist das nun mal in China bei einem offiziellen Essen und mich stört es überhaupt nicht. Wenn wir Besucher aus Europa haben, mache ich mich innerlich manchmal sogar ein wenig über sie lustig, weil sie die Gepflogenheiten nicht kennen und sich davon irritieren lassen.

„Das Kleid steht Ihnen sehr gut, Virginia", meint Yang, nachdem die Chinesin mit der Bestellung lautlos verschwunden ist.

„Vielen Dank, man tut, was man kann", lache ich und senke den Blick.

„Wie geht es Ihrem werten Herrn Vater?" Er hebt sein Glas und führt es an seine schmalen Lippen.

„Wunderbar, er lässt Sie herzlich grüßen."
So geht es eine Weile mit nichtssagendem Smalltalk weiter, bis die verschiedenen Gerichte gebracht werden.
„Sagen Sie, Virginia, haben Sie Verpflichtungen oder sind Sie frei für neue Projekte?"
Mein Herz macht einen Hüpfer.
„Es kommt ganz darauf an." So schnell will ich mir noch nicht in die Karten schauen lassen, lächele aber freundlich, um nicht unhöflich zu wirken. Männern wie Yang muss man das Gefühl geben, dass sie etwas zu erobern haben. Auch wenn es hier nur ums Geschäft geht. Obwohl ich den Eindruck nicht loswerde, dass er mich nicht unattraktiv findet.
„Sehen Sie, ich habe erst kürzlich die Mehrheit einer Serienproduktion erworben und …", er sieht mich vielsagend an, „… die weibliche Hauptrolle ist noch nicht besetzt. Ich könnte mir vorstellen, sie wäre was für Sie."
„Tatsächlich?" So oder so ähnlich hatte ich das ja schon bei unserer Dinnerparty herausgehört, wenngleich er es nicht so konkret ausgesprochen hat wie jetzt.
„Ja, aber lassen Sie uns nicht nur über Business reden. Darf ich Ihnen das Drehbuch schicken? Dann können Sie sich selbst ein Bild davon machen."
„Gerne." Mein Herz pocht unregelmäßig schnell. Das könnte der Schlüssel zu meiner Karriere sein, falls ich das alles überhaupt noch will. Ansehen werde ich es mir auf jeden Fall.
Nach dem Essen nimmt Yang vorsichtig meine Hand in seine. „Es freut mich, dass Sie sich die Zeit genommen haben, Virginia."

Mir ist nicht ganz wohl dabei, aber ich ziehe meine Finger nicht weg. Möglicherweise missverstehe ich seine Freundlichkeit ja auch. Trotzdem bin ich froh, als eine Bedienung kommt und uns fragt, ob wir etwas mehr benötigen. Yang schüttelt den Kopf und erwidert etwas auf Chinesisch, das ich zwar wörtlich nicht übersetzen kann, aber mir sicher bin, dass er die Rechnung gefordert hat. Er macht die eindeutige Geste dafür, indem er ohne einen Stift in die Luft schreibt.

„Ich habe leider noch weitere Verpflichtungen, aber vielleicht können wir das ja bald wiederholen", wendet er sich dann an mich. Seine dunklen Augen ruhen auf mir und ich bin mir jetzt sicher, dass er nicht nur geschäftliches Interesse an mir hat.

„Natürlich", gebe ich zurück. „Wir bleiben in Kontakt, Yang. Es war schön, Sie zu treffen, und zur Gala sehen wir uns ohnehin in ein paar Tagen wieder. Sie sind ein vielbeschäftigter Mann, das verstehe ich."

Er begleitet mich zur Tür.

„Ich rufe unseren Fahrer an, ich habe sowieso noch eine Kleinigkeit zu erledigen. Machen Sie sich um mich keine Sorgen", verabschiede ich mich von ihm und bin froh, als ich weg bin.

Ich rette mich in einen kleinen Laden und atme erst einmal ganz tief durch. Anstatt mich umzusehen, wähle ich sofort Amélies Nummer. Sie hatte ihre Reise nach Europa ausgedehnt und ist erst gestern wieder zurückgekommen. Ich muss sie unbedingt sehen und ihr alles erzählen. Eine halbe Stunde später sitzen wir in einem Café auf der Nanjing Road und nachdem ich mir stillschweigend angehört habe, wie toll in Paris alles gelaufen ist, bin ich dran mit erzählen.

„Ich kenne diesen Yang ja nicht, aber meinst du, er verlangt eine … Gegenleistung für die Rolle?"

„Amélie", stoße ich spitz hervor, „ich bitte dich. Ich bin doch keine Nutte!"

Sie verzieht betroffen ihren Mund „So meinte ich das auch nicht, Chérie."

„Na gut. Also im Ernst, ein bisschen komisch war das Essen schon."

„Inwiefern?"

„Ich denke, er steht auf mich."

„Wie sieht er denn aus?"

„Eigentlich ganz gut, aber er ist viel älter als ich."

Meine Freundin legt einen Finger an die Lippen und überlegt. „Wie viel älter? Das ist doch heutzutage kein Hinderungsgrund mehr."

„Er interessiert mich nicht wirklich. Bei ihm habe ich kein Herzklopfen oder Schmetterlinge im Bauch."

Amélie reißt die Augen auf. „Bei wem hast du denn dann Herzklopfen? Etwa bei dem Australier? Letztens hast du doch noch gesagt, dass es aus ist und dass das genau zur rechten Zeit kam, gerade bevor er anfing, dich zu langweilen."

Ich fühle mich ertappt und mein Gesicht wird heiß. Ich schneide eine Grimasse und schaue auf meine Hände. „Äh, nö! Natürlich denke ich nicht an Liam."

Aber meine Freundin hat die Fährte aufgenommen. „Chérie, ich will alles wissen. Mir scheint, dass ein Telefonat über die Ferne doch nicht ein Gespräch von Frau zu Frau ersetzt."

Ich werfe einen flehenden Blick in die Luft. „Es gibt nicht viel zu erzählen. Wir hatten eine Menge Spaß zusammen und dann ist er plötzlich auf der Dinnerparty bei meinem Dad aufgetaucht."

„Ja und?"

„Dort hat er erfahren, dass ich in Wirklichkeit Virginia Prescott bin und nicht Amélie."

„Virginia!", ruft sie schockiert. „Du hast ihn die ganze Zeit belogen? Das ist aber auch extrem dämlich!"

Ich atme zischend aus. „Danke für die Unterstützung!", brumme ich in meinen Kaffee.

„Hey, na sag schon: Was war sonst los?"

„Was soll los gewesen sein? Ich hab versucht, es ihm zu erklären, aber bei ihm war der Ofen aus. Und da habe ich gemerkt, dass es ohnehin Zeit war, die Affäre zu beenden. Das war's."

Sie neigt ihren Kopf. „Wie, das war's? Du hast seitdem nicht mehr mit ihm gesprochen? Wie lange ist das her? Zwei Wochen?"

„Hm. Ja. Ziemlich genau zwei Wochen."

Zwei Wochen und einen Tag, um präzise zu sein.

Ihre samtbraunen Augen durchbohren mich förmlich. „Und du denkst immer noch an ihn?"

Ich bin tatsächlich ein bisschen verlegen und knete meine Finger im Schoß. „Ja", murmele ich.

Amélie schlägt mir mit der flachen Hand auf den Oberschenkel. „Dass ich das noch erleben darf! Du bist zum ersten Mal verliebt", stellt sie die Diagnose in einem sachlichen Tonfall.

Ich sehe auf und verarbeite das Gehörte erst einmal. Dann pruste ich los. „Ich? Verliebt? Du spinnst ja." Schnell trinke ich einen Schluck von meinem Kaffee.

Kann es sein?

Das ist ja total absurd.

Ich und verliebt?

In Liam?

Mein Puls beginnt zu jagen.

Heilige Scheiße. Das würde einiges erklären. Warum ich mich abends in meinem Bett so furchtbar einsam fühle, warum ich seit Tagen kaum mehr Appetit habe, warum mir so ungefähr alles egal ist und warum ich beim Pferderennen so hysterisch reagiert habe, als ich dachte, ihn zu sehen. Sogar Yangs Angebot hat mich nicht wirklich vom Hocker gerissen, dabei warte ich seit Ewigkeiten auf eine solche Gelegenheit.

„Und?", fragt sie mich und trommelt mit ihren schlanken Fingern auf den kleinen runden Tisch.

Ich ziehe die Schultern nach oben und mache große Augen. „Ich ... ich habe keine Ahnung. Vielleicht?", gebe ich vorsichtig zu.

„Ha! Siehst du! Super. Jetzt müssen wir nur zusehen, wie wir den Kontakt wiederherstellen."

„Hey, hey, Moment mal. Wer hat denn was davon gesagt, dass ich Kontakt zu ihm haben will?"

Sie starrt mich an, als wäre ich total plemplem. „Natürlich willst du ihn wiedersehen, Chérie. Wir müssen nur noch herausfinden, wie er zu der Sache steht."

„Vergiss es. Ich muss erst mal darüber nachdenken."
„Was gibt es da nachzudenken? Du bist verliebt, du magst ihn. Er ist ein toller Kerl, oder etwa nicht?"

Sie hat in allen Punkten recht, aber …

Ich habe ein bisschen Angst.

„Nein, sieh mal, ich weiß einfach, dass er und ich im Prinzip gar nicht zusammenpassen."

„Was? Wieso denn nicht? Nenn mir bitte einen vernünftigen Grund."

„Er ist Australier und arbeitet an einem Projekt mit meinem Dad."

„Das soll dein Grund sein? Das ist ja lächerlich."

Ich überlege einen Moment.

„Okay, ihm sind Geld und materieller Besitz nicht besonders wichtig."

Meine Freundin nimmt einen Schluck und stellt die Tasse scheppernd wieder ab. „Das soll ein Nachteil sein? Du spinnst, Virginia. Er ist doch Millionär, oder?"

Ich zucke mit den Schultern. „Kann sein."

„Das heißt, dass er super erfolgreich ist, er hat was auf dem Kasten, er hat das alles selbst erreicht. Was soll er denn über dich sagen? Du bist diejenige, die weder Job noch Titel hat."

Puh. Jetzt wird sie aber ganz schön fies.

„Was meinst du? Nur weil ich noch nicht den Durchbruch als Schauspielerin hatte?"

„Virginia, du und ich, wir wissen beide, dass du überhaupt keine Lust hast, in irgendwelchen Hollywoodstreifen mitzuspielen. Du wärst viel besser in der Chefetage bei deinem Dad aufgehoben. Du kannst wahnsinnig gut delegieren, begreifst Dinge sehr schnell und erkennst Zusammenhänge im Nullkommanichts."

Wow. So schätzt sie mich ein? Das wusste ich nicht und ich fühle mich geschmeichelt.

„Denkst du?"

Sie nickt eifrig. „Ja, das denke ich. Also wenn du mich fragst, lass dir einen Posten in einer seiner Firmen geben und bau dir da was auf."

„Wofür habe ich dann Schauspielerei studiert?"

„Chérie, das wissen wirklich nur die Götter. Ich habe das eigentlich nie verstanden. Das ist vielleicht, weil du irgendeine Verbindung zu deiner Mum gesucht hast? Eine Gemeinsamkeit?"

Ich seufze leise vor mich hin. „Möglicherweise. Oh mein Gott. Mein Kopf schwirrt. Ich muss das alles erst mal verdauen, Amélie."

Gegebenenfalls hat sie gar nicht so unrecht. Aber Liam werde ich auf gar keinen Fall anrufen. Nur die Erkenntnis, dass ich mich in den letzten zwei Wochen selbst belogen habe, trifft mich unerwartet heftig.

„Pass auf, Chérie." Sie nimmt meine Hand. „Jetzt gehst du nach Hause, denkst noch ein bisschen darüber nach und dann schläfst du eine Nacht drüber, bevor du was unternimmst, ja? Liam hat jetzt so lange nichts von dir gehört, der kann auch noch bis morgen warten."

„Vielleicht hat er ja schon längst eine andere. Was weiß ich."

„Das wirst du ja dann erfahren!", meint sie gelassen und mir wird schlecht, wenn ich nur daran denke.

Als in meiner Wohnung ankomme, bin ich mir sicher, dass Amélie recht hat. Zumindest, was meine berufliche Zukunft angeht. Solche Dinge sollte man sofort anpacken und nicht wieder auf den nächsten Tag verschieben, deswegen gehe ich schnurstracks ins Wohnzimmer, um

Dad direkt zu bitten, mir einen Job zu geben. Ich höre laute, aufgebrachte Stimmen aus der Bibliothek. Sie scheinen wegen irgendetwas aufgebracht zu sein. Sachte bewege ich mich weiter und sehe dann, wie Dad wütend vor seinem Schreibtisch auf und ab geht. Megan sitzt blass auf einem der beiden Ledersessel und hat die Hände im Schoß gefaltet.

„Es ist unfassbar! Gut, dass wir den Schuldigen gleich ausfindig gemacht haben. Ich bin so enttäuscht von Hunter!" Seine Stimme zittert vor Wut.

„Dad, alle Fakten sprechen dafür. Wir haben die Indizien gesammelt und es ist die einzig logische Erklärung. Er hat heute die Firma verlassen. Handy, Laptop und so weiter hat er abgegeben. Aber er war sehr erbost. Die ganze Zeit hat er beteuert, dass er unschuldig sei."

Mein Vater geht zu seinem Schreibtisch und schlägt mit der flachen Hand darauf. „Ich will jetzt kein Wort mehr darüber hören. Wenn auch nur der leiseste Zweifel an seiner Integrität besteht, dann war es wirklich mehr als richtig, ihn zu feuern. Wie soll ich so jemanden weiterhin an unsere Finanzen lassen? Er kann froh sein, dass wir ihn nicht anzeigen. Eins kann er sich abschminken, nämlich dass ihn in Shanghai noch irgendjemand einstellt! Dafür sorge ich."

Megans hübsches Gesicht ist angespannt. „Er muss es gewesen sein, Dad. Nur er hat außer uns Zugriff zu allen Informationen, was dieses Projekt anbelangt. Alles ging von seinem Account raus …"

Ich habe genug gehört und denke, dass es definitiv nicht der passende Zeitpunkt ist, um mit meinem Vater über meine mögliche Zukunft im Prescott-Konzern zu sprechen. Vor allem nicht, wenn Megan dabeisitzt. Sie hat garantiert gleich die „perfekte" Idee, wo sie mich zwischenparken kann, ohne dass ich gleich zu viel Verantwortung bekomme.

Gerade will ich mich abwenden, da entdeckt mein Vater mich. „Virginia, Liebes, du bist da!" Er kommt mit langen Schritten auf mich zu und küsst mich auf die Wange. „Es tut mir leid, wir sind momentan in einer hitzigen Diskussion."

„Hi", erwidere ich und schaue zu Megan. Sie winkt mir. Meine Schwester sieht in der Tat mitgenommen und blass aus, vielleicht sollte sie mal Urlaub machen.

„Kann ich was für dich tun, Virginia?", fragt mich mein Vater.

„Äh, was? Nein, nein, wollte nur Hallo sagen." Jetzt passt es einfach nicht.

„Ah, schön."

„Ich will euch dann mal auch nicht weiter stören, wir sehen uns …", gebe ich hastig zurück und setze mich sofort in Bewegung.

Das war ja wohl nichts. Aber für so ein Gespräch braucht man schon die passende Stimmung, nicht so viele negative Vibes wie eben. Das gibt mir zumindest noch ein bisschen Aufschub, mir genau zu überlegen, in welchem Bereich ich gern für meinen Dad tätig sein würde. Dass ich unseren Konzern jedem anderen vorziehe, finde ich nur logisch. Warum sollte ich woanders einen Job suchen, wenn die beste Firma unsere eigene ist? Außerdem habe ich die Befürchtung, dass ich in einem fremden Unternehmen gar nicht erst eingestellt würde, immerhin bin ich ausgebildete Schauspielerin und keine Pressekorrespondentin.

15

MEIN VATER LIEST WIE ÜBLICH die Zeitung, während er sein Rührei mit Toast frühstückt.

„Dad?", frage ich vorsichtig und gieße mir Orangensaft in ein Glas. Wir sind allein, das kommt mir für den Moment sehr gelegen.

Er lässt die Lektüre sinken und beäugt mich über den Brillenrand hinweg. „Was ist, Liebes?"

Ich räuspere mich kurz. „Ähm. Also es gibt da etwas, das ich gerne mit dir besprechen möchte."

Er legt die China Daily komplett beiseite und wirkt besorgt. „Was ist los? Hast du ein Problem?"

„Äh, nein." Ich lache nervös. „Es ist alles in Ordnung. Aber ich habe mir überlegt, dass es womöglich an der Zeit ist, dass ich mal was Neues ausprobiere …"

„Was meinst du?"

„Äh, ich habe mir gedacht, ob ich nicht in der Firma … einen Posten übernehmen könnte?"

Er mustert mich wortlos und mir wird heiß unter seinem zweifelnden Blick.

Vielleicht bin ich in seinen Augen ja gar nicht fähig, einen ernstzunehmenden Job auszuüben? Wundern würde es mich nicht, vor allem nicht nach seinen fiesen Bemerkungen der letzten Tage.

Plötzlich nickt er. „Ja, wieso eigentlich nicht? Es wäre gut für dich, wenn du einer geregelten Tätigkeit nachgehen würdest. Mit dem Studium bist du ja nun durch. Gut, es ist nicht direkt ein MBA, den du gemacht hast. Das wissenschaftliche Arbeiten hast du damit gelernt und gezeigt, dass du ehrgeizig und zielstrebig bist."

Wow, das geht runter wie Öl. Er denkt, ich wäre zielstrebig und ehrgeizig.

Mein Mund ist ganz trocken vor Freude. Er hält mich nicht für eine Versagerin, wie ich dachte.

„Ich muss ein bisschen überlegen, Virginia. Oder hast du schon eine konkrete Vorstellung?"

Ha. Wusste ich doch, dass er mich das fragen wird.

„Also", fange ich an, „ich weiß, ich bin unerfahren, aber ich glaube, ich bin gut im Medienbereich aufgehoben. Wie man schreibt, habe ich durch das Drehbuchhandwerk gelernt und ich denke, ich könnte zunächst vielleicht im PR-Team einen Assistenzjob annehmen, etwas lernen und dann selbst einen eigenen Bereich übernehmen – wenn ich es gut mache. Ich will nicht als Tochter gleich einen Superposten haben. Ich will mir meinen Erfolg erarbeiten. Oder ich mache woanders ein Praktikum, wenn dir das nicht zusagt."

Mein Vater sieht mich überrascht an. Dann nickt er.

„Gut, Virginia." Er hebt seine Zeitung wieder auf. „Wenn, dann fängst du natürlich bei uns an, Sweetheart. Ich spreche mit Elliott, wo er einen Posten für dich schaffen kann, und dann werden wir das in den kommenden Tagen angehen. Ich finde deine Einstellung gut. Ich bin stolz auf dich."

Hach. Mein Herz schmilzt bei diesem Lob.

„Danke, Dad." Ich springe auf und umarme ihn.

Er schiebt mich lachend ein Stück von sich. „Nichts zu danken. Helle Köpfe wie dich kann man immer gebrauchen. Ich bin froh, dass du mich gefragt hast, Liebes."
Auch Stunden später bin ich noch wie auf Drogen. Dass mein Vater mir so viel Vorschusslorbeeren gibt, macht mich unglaublich glücklich. Bis eben habe ich gedacht, dass er mich ebenso wenig ernst nimmt wie meine älteste Schwester Megan. Anscheinend habe ich mich da geirrt. Gott sei Dank.

Jetzt habe ich nur noch einen weiteren Punkt auf meiner To-Do-Liste.

Liam.

Gestern Abend habe ich ein bisschen im Internet recherchiert und sein kometenhafter Aufstieg in der Cyberwelt scheint nicht enden zu wollen. Diese Welt würde mich ebenfalls durchaus reizen, aber da wir nicht mehr miteinander reden, habe ich natürlich keine Berührungspunkte und Einstiegsmöglichkeiten in dieser Richtung. Liam steht zunehmend im Rampenlicht und ich bin mir sicher, er kann sich vor weiblichen Avancen kaum retten. Der Gedanke, dass er womöglich längst was mit einer anderen hat, frisst mich langsam von innen auf. Nur, wie soll ich es anstellen? Ich habe keine Ahnung. Ich kann ja schlecht einfach anrufen und sagen: „Hey, Liam, wie geht's?"

Oder vielleicht doch?

Hm.

Mein Herz pocht.

Ich war nie ein Mensch, der lange mit sich gehadert hat. Kurzerhand tippe ich seine Nummer ein und warte. Wenige Sekunden später drückt er mich weg.

Na toll.

Gut.

So also nicht.

Ich raufe mir die Haare. Wie zur Hölle macht man so was? Ich bin noch nie einem Kerl hinterhergelaufen. Das war bis heute nicht nötig.

Verdammt. Ich bin eine lausige Verliebte.

„Virginia", reißt mich Emmas Stimme aus den Gedanken. „Hast du den Friseurtermin vergessen?"

„Was? Wie spät ist es?"

„Du solltest in zwanzig Minuten da sein. Du weißt doch, wie schwer es ist, an solchen Tagen einer Gala einen zu bekommen."

Das muss sie mir nicht zweimal sagen. Wie von der Tarantel gestochen springe ich auf und laufe zur Haustür. Da habe ich doch glatt die Mediengala verschwitzt. Aber absagen kommt jetzt nicht mehr infrage. So viel hat meine gute Erziehung immerhin gebracht.

„Der Fahrer wartet bereits", informiert sie mich mit einem milden Lächeln und ich frage mich zum wohl hunderttausendsten Mal: Wie macht sie das nur? Sie hat alles im Griff, weiß über alles Bescheid und ist immer nett zu uns, egal wie oft wir Sachen falsch machen oder durcheinanderbringen.

„Emma, sag mal, wieso mag Granny dich nicht?" Keine Ahnung, warum ich das in dieser Sekunde raushaue, wo ich eigentlich fürchterlich in Eile bin.

Sie sieht mich mit großen Augen an, dann winkt sie ab. „Das wissen die Götter, Sweety. Ich kann mir das selbst nicht erklären."

Na gut, das war nicht sehr aufschlussreich. Ich werde vielleicht Dad mal befragen müssen.

„Nun geh schon, Virginia. Deine Haare!", erinnert sie mich und ich setze mich wieder in Bewegung.

„Danke, Emma", verabschiede ich mich über die Schulter. Sie wird mir eines Tages Rede und Antwort stehen, aber nicht jetzt, wo ich sowieso spät dran bin.

„Tessa", rufe ich, als ich vier Stunden darauf im Abendkleid die Treppe herunterkomme. Unten wartet diejenige meiner Schwestern, die mir zumindest altersmäßig am nächsten steht. Wir haben uns seit Wochen nicht gesehen, weil sie ständig als Model unterwegs ist.

„Hi, Baby", ruft sie nach oben und strahlt mich an. Ich sprinte zu ihr, so schnell es mir mein Kleid ermöglicht, und werfe mich in ihre Arme.

„Hey, es tut gut, dich zu sehen. Wo hast du gesteckt?"

„Ach", winkt sie ab. „London, Paris, Mailand, New York. Das Übliche." In ihrer Stimme schwingt nicht wenig Stolz mit. Sie ist mittlerweile ein häufig gebuchtes Topmodel und kann sich die Jobs quasi aussuchen.

„Wie lange bleibst du in Shanghai?"

Sie wedelt ungeduldig mit ihren feingliedrigen, manikürten Fingerchen vor meinem Gesicht. „Wer wird denn bei der Begrüßung schon wieder nach der Abreise fragen, hm? Jetzt bin ich ja erst mal da, nicht? Gut schaust du aus, Kleine."

„Danke, ich gehe gleich zur Mediengala. Du nicht?"

„Doch, doch, natürlich. Aber ich muss mich erst noch fertig machen."

„Dann kommst du ja zu spät. Hast du mal auf die Uhr geschaut?"

Sie sieht mich mit einem vielsagenden Blick an. „Wichtige Gäste kommen immer zu spät, das musst du dir mal merken."

Ich rolle mit den Augen. Meine Güte. Ein bisschen eingebildet ist sie schon geworden. Ich muss trotzdem lachen. Wenn sie nicht den großen Auftritt lieben würde, wäre sie schließlich nicht Model geworden. Das dürfte einer der Gründe sein, warum ich tatsächlich besser im Management als im Rampenlicht zu Hause sein könnte. Ich bin schrecklich nervös, in Kürze mit Yang über den roten Teppich zu schreiten.

„Na gut. Wir sehen uns dann dort. Ich werde jeden Moment abgeholt."

Sie macht große Augen und streicht sich eine wilde Strähne ihres goldblonden Haares hinters Ohr. „Abgeholt? Von wem?"

„Yang", sage ich beiläufig und schaue noch einmal in meiner Clutch nach, ob ich auch wirklich alles Überlebensnotwendige dabeihabe. Kreditkarte, Lippenstift, Puder, Taschentücher und Pfefferminzbonbons, alles drin. Ich bin bereit, es fühlt sich leider gar nicht so an.

„Was?" Ihre Stimme klingt ein wenig schrill. „Yang hat dich eingeladen? Wow!"

Selbstverständlich kennt sie ihn. Wir bewegen uns immerhin in den selben Kreisen, auch wenn er natürlich kein Expat ist. Aber die Upperclass trifft sich ja immer irgendwo …

„Es ist nicht, was du denkst …", rede ich mich heraus.

„Hu, das macht es ja noch spannender. Spuck es aus!"

„Er hat mir ein Drehbuch geschickt und bietet mir unter Umständen die Hauptrolle an."

„Nein! Wie toll! Darauf hast du doch so lange gewartet." Sie umarmt mich und drückt mich fest an ihren schlanken Körper.

Es scheint fast so, als ob sie sich mehr darüber freut als ich. Das allein hat ja schon einiges zu bedeuten.

„Ja, mal abwarten. Noch habe ich nicht zugesagt und er mir eigentlich auch nicht."

„Du alte Schwarzseherin! So kenne ich dich ja gar nicht. Na, wie dem auch sei. Jetzt bin ich wirklich gespannt. Ich werde mich schnell frischmachen und dann in Schale werfen."

„Kein Friseur? Make-up?"

„Süße, hast du die neusten Trends verschlafen? Es ist in New York im Moment total angesagt, im No-Make-up-Look zu erscheinen."

„Ach du liebe Zeit. Echt? Wieso das?"

„Natürliche Schönheit. Solltest du auch mal probieren", meint sie und stolziert die Treppe nach oben.

„Eingebildet bist du ja wohl nicht, oder?", rufe ich ihr hinterher. Als Antwort bekomme ich nur ein kurzes Lachen zu hören. Unser Hausmädchen kommt auf mich zu und informiert mich, dass Yangs Wagen soeben vorgefahren ist. Na, immerhin ist er pünktlich, denke ich und verlasse das Haus mit ambivalenten Emotionen.

Einerseits fühle ich mich geschmeichelt, dass er auf mich steht. Andererseits denke ich nach wie vor ständig an Liam. Was mich daran erinnert, dass er mich vorhin weggedrückt hat. Wo gibt's denn so was? Genervt presse ich meine Lippen aufeinander, schließe für einen Moment die Lider und knipse ein Lächeln an. Yang kann im Endeffekt nichts dafür, dass Liam ein Idiot ist.

„Guten Abend!" Er steht vor seiner Limousine und seine Augen leuchten auf, als er mich sieht. Der Smoking steht ihm gut, muss ich zugeben.

„Hallo, Yang. Es ist nett, dass Sie mich abholen", erwidere ich und lasse es zu, dass er meine nackten Schultern umfasst und mir einen Kuss auf die Wange haucht.

Schließlich öffnet er die Tür zum Fond und hilft mir beim Einsteigen. Das grenzt an einen Ritterschlag, denn üblicherweise übernimmt der Fahrer diese Aufgaben.

„Vielen Dank", sage ich und lege die Clutch auf meinen Schoß. Wenig später sitzt er neben mir, sagt etwas auf Chinesisch zum Fahrer und die S-Klasse rollt los.

„Darf ich Ihnen Champagner anbieten?"

„Sehr gerne, das ist sehr aufmerksam", gebe ich höflich zurück. Ich sehe, dass die Flasche bereits geöffnet ist und im Sektkühler vor uns steht. Der Mann denkt mit, das muss man ihm lassen. Yang zieht zwei Champagnerflöten aus einem Fach und gießt zunächst mir und dann sich selbst etwas ein.

„Auf einen schönen Abend." Seine Augen fixieren mich, während er das Glas an seine Lippen führt.

Das prickelnde Getränk leistet gute Dienste, um meine angespannten Nerven zu beruhigen. Da ich in den letzten Stunden kaum was gegessen habe, steigt mir der Alkohol sofort zu Kopf. Ein willkommenes Gefühl der Leichtigkeit macht sich in mir breit, unterdessen kommen wir der Gala langsam, aber stetig näher.

Als Yang mir wenig später aus dem Wagen hilft, sind meine Hände eiskalt und mein Puls rast. Das Klicken von Kameras umgibt uns und ich muss blinzeln, weil mich die Blitzlichter blenden. In diesem Moment fühle ich mich nackt und verletzlich, obwohl ich angezogen bin. Vielleicht hätte ich doch ein weniger gewagtes Outfit wählen sollen. Der Ausschnitt meines Abendkleides ist so tief, dass ich die Ränder des Dekolletés mit doppelseitigem Klebeband befestigt habe, um sicherzugehen, dass nichts verrutscht. Der Stoff ist weiß und mit silbernen Fäden durchzogen, die im hellen Licht glänzen. Yang drückt aufmunternd meine Hand, als wir uns langsam auf dem roten Teppich vorwärtsbewegen. Sein Gehabe ist beinahe schon besitzergreifend.

In der nächsten Sekunde stolpert mein Herz.

Vor der Sponsorenwand, umringt von unzähligen Fotografen, steht Liam mit einer asiatischen Schönheit, die ich allerdings nicht kenne. Seine Finger liegen auf ihrem unteren Rücken. Diese Geste wirkt so intim, so vertraut, dass mir schlagartig übel wird. Einen Wimpernschlag später treffen sich unsere Blicke, aber ich kann es nicht ertragen und sehe weg.

Natürlich hat er sich schon längst mit einer anderen getröstet. Ich muss zugeben, sie ist wirklich außerordentlich hübsch. Yang dirigiert mich derweil zu einem Platz vor der Wand und nun müssen wir in die Kameras lächeln. Mein Gesicht fühlt sich an, als würde ich eine Maske tragen. Ich brauche ganz dringend einen zweiten Drink. In diesem Moment wird mir deutlich klar, dass ein Leben im Blitzlichtgewitter nichts für mich ist. Es ist richtig, dass ich mir einen anderen Job suche. Aber Yang werde ich selbstverständlich nicht einfach so stehen lassen. Wir sind gemeinsam hier und ich werde den Abend hinter mich bringen.

Irgendwie schaffe ich es, mit Yang Smalltalk zu betreiben, während wir uns kurz darauf auf dem Weg hinein befinden. Er besorgt uns zwei Gläser Champagner und stellt mir einige Leute vor, an deren Namen ich mich kurz darauf nicht mehr erinnern kann. In meinem Kopf erscheint ständig das Bild, wie Liam mit der Asiatin im Rampenlicht posiert.

Sollte ich bisher auch nur noch einen kleinen restlichen Hoffnungsschimmer gehegt haben, dass ich es nicht komplett vergeigt habe, so ist dieser jetzt ein für alle Mal erloschen. Yang scheint von alledem nichts zu bemerken oder es ist ihm egal, dass ich nicht wirklich bei der Sache bin. Er bleibt die ganze Zeit an meiner Seite. Mein Glas ist immer voll und irgendwann bin ich bereits so alkoholisiert, dass ich Probleme habe, klar und deutlich zu sprechen.

„Virginia, da steckst du", vernehme ich Tessas Stimme neben meinem Ohr. Ich drehe mich zu ihr um und sie schaut mich irritiert an.

Nachdem ich ihr Yang vorgestellt habe, mustert sie mich argwöhnisch.

„Was ist denn mit dir los?", fragt sie mich flüsternd. „Bist du etwa betrunken?"

„Kann sein", gebe ich kleinlaut zu.

„Mein Gott, dich kann man ja nicht mal fünf Minuten aus den Augen lassen."

„Doch, kann man. Hör bitte auf, mich wie ein Baby zu behandeln."

Sie verdreht genervt die Augen und wendet sich an meinen Begleiter.

„Yang, würden Sie bitte mit meiner Schwester ein wenig an die frische Luft gehen? Ich vermute, sie hatte ein Glas zu viel …"

„Selbstverständlich. Ich muss mich entschuldigen, es ist meine Aufgabe, mich um sie zu kümmern."

„Hallo? Ich bin anwesend, ihr müsst nicht reden, als wäre ich nicht da!", protestiere ich und beide tauschen einen vielsagenden Blick.

„Na schön", brumme ich, als Yang mich bei sich einhakt und aus dem Getümmel bugsiert. Natürlich müssen wir unterwegs auf Liam treffen. Er wirkt nicht erfreut, mich zu sehen. Na schön, ich bin ebenfalls nicht begeistert und ignoriere ihn. Seine Augen spüre ich auch noch auf mir, als wir längst an ihm vorbei sind. Ob seine Asiatin bei ihm war, habe ich nicht mitbekommen. Tunnelblick, fürchte ich.

„Kommen Sie, hier ist es etwas ruhiger", sagt Yang zu mir und führt mich in ein Separee. Wir sind tatsächlich allein. Er dirigiert mich zu einem dunklen Ledersofa und wir setzen uns. Erleichtert seufze ich auf und strecke meine Beine aus. Ich merke erst jetzt, wie weh mir meine Füße in den hohen Schuhen tun.

Yang streicht mir eine Strähne aus der Stirn, die sich aus meiner Hochsteckfrisur gelöst hat. „Du bist so schön, Virginia."

Warum er auf einmal zum vertrauten Du wechselt, ist mir nicht ganz klar, aber in meinem Kopf dreht sich sowieso schon alles. Yangs Gesicht erscheint vor meinem und viel zu spät wird mir bewusst, was er eigentlich vorhat. Seine Lippen pressen sich hart auf meine und er küsst mich. Sein heißer, nach Champagner schmeckender Atem vermischt sich mit meinem. Er zögert nicht lange und erkundet sogleich meinen Mund mit seiner Zunge. Ich warte darauf, dass sich das schöne Gefühl einstellt, dass mein Körper zu vibrieren beginnt, aber nichts dergleichen geschieht. Stattdessen keimt Widerwille in mir auf. Ich will Yang nicht küssen, will nicht seine Hände auf meinen Brüsten spüren und sein Keuchen nicht an meinen Lippen hören. Sanft, aber bestimmt, versuche ich ihn von mir zu schieben, aber er ignoriert mich. Er rückt noch näher, bis er schließlich auf mir liegt und an meinem Kleid zerrt. Seine Küsse werden wilder und er atmet schwer.

„Du kleine Wildkatze, ich habe mich den ganzen Abend danach gesehnt, dich endlich zu nehmen", knurrt er. „Wehr dich nicht, du willst es doch auch!"

Ich schüttele verzweifelt den Kopf, will ihn endlich von mir wegdrücken, bin aber zu schwach und habe keine Chance gegen ihn. „Nein!", presse ich hervor. Entweder er denkt, es gehört zum Spiel, oder es interessiert ihn tatsächlich nicht, dass ich es nicht will. Langsam bekomme ich wirklich Angst. Yang stöhnt heiser, während er sich immer dichter an mich drängt. Ich fühle seine Erektion und Übelkeit wallt in mir auf. Er wird mich doch nicht hier ... gegen meinen Willen! Mir wird schwindelig, es gelingt mir nicht, mich gegen ihn zu behaupten. Mir wird ganz schwarz vor den Augen und übel. Viel zu viel Alkohol kreist in meiner Blutbahn. Hat er mir womöglich noch etwas anderes in den Drink gekippt? Jetzt macht er sich an meinem Kleid und seiner Hose zu schaffen.

„Nein", protestiere ich erneut, er hört nicht hin.

„Haben Sie die Dame nicht verstanden?", dringt ein sehr bekanntes Timbre durch den Nebel an mein Ohr. Plötzlich verschwindet das Gewicht über mir und ich kann endlich wieder besser atmen.

„Was fällt Ihnen ein!", schreit Yang. „Raus hier!"

Ich öffne flatternd meine Lider und sehe in ein vertrautes Gesicht. „Liam", entfährt es mir, aber meine Stimme ist nur ein Krächzen.

„Lassen Sie sie in Ruhe, oder muss ich erst handgreiflich werden?" Um seine Aussage zu unterstreichen, knöpft er sein Jackett auf, zieht es aus und wirft es auf den Boden. Liam ist ein ordentliches Stück größer als Yang und der scheint gerade abzuwägen, wie seine Chancen bei einem Kampf wohl aussehen würden. Ihm dürfte auch klargeworden sein, dass die Gelegenheit, mich zu besteigen, vertan ist. Gott sei Dank.

Ich fange an, am ganzen Körper zu zittern. Meine Güte, der Mann war im Begriff, mich zu vergewaltigen.

„Hauen Sie ab, Mann, bevor ich mich vergesse!", fordert Liam ihn deutlicher auf.

Ich bin zu überanstrengt, um sprechen zu können. Endlich verschwindet Yang und Liam hilft mir auf. Halbherzig versuche ich mein Kleid zu richten, es ist am Ausschnitt zerrissen und eine Brust hängt halb heraus. So kann ich auf keinen Fall wieder hinausgehen. Wie meine Frisur aussieht, mag ich mir gar nicht erst vorstellen. Als ob das nach einem Vergewaltigungsversuch mein größtes Problem wäre! Ich muss unter Schock stehen.

„Ist alles okay?", fragt Liam mich sanft und setzt sich neben mich. Seine dunkle Stimme beruhigt mich. Nach der Aktion bin ich ein wenig klarer, aber von nüchtern kann noch lange nicht die Rede sein. Ich schüttele nur den Kopf und wage nicht, ihm ins Gesicht zu sehen. Ich schäme mich, obwohl ich nichts dafür kann, dass ich in dieser Situation gelandet bin.

„Soll ich dich nach Hause bringen?"

Ich muss schlucken. Ich weiß nicht, womit ich so viel Freundlichkeit verdient habe.

„Was ist mit deiner … Begleiterin?"

Er lacht leise.

„Schon gut, wir sind nicht zusammen, Virginia."

„Nicht?", frage ich vorsichtig.

„Nein." Er zieht mich auf die Beine und reicht mir sein Jackett. „Zieh meine Jacke an. Ich schau mal, ob wir durch einen Hinterausgang rausgehen können." Als ich vor ihm stehe, hilft er mir in seine Smokingjacke. Meine Knie sind butterweich und ich muss mich an ihm festhalten, damit ich nicht zusammensacke.

„Kreislauf", murmele ich.

Als Antwort bekomme ich nur ein „Hm".

Ich kann mich nur bruchstückhaft an den Weg nach draußen erinnern, aber irgendwie hat Liam es fertiggebracht, dass wir kurz darauf in seiner Limousine sitzen.

„Etwas zu viel getrunken?", fragt er mich. „Willst du ein Wasser?"

„Das wäre nett."

Wenn ich ehrlich bin, dann bin ich immer noch ziemlich alkoholisiert und das Reden und Denken fällt mir schwer. Außerdem hat eine bleierne Müdigkeit von mir

Besitz ergriffen und ich wünsche mir nichts sehnlicher, als endlich schlafen zu können und diesen desaströsen Abend hinter mir zu lassen.

„Bitte." Er reicht mir eine Flasche norwegisches Quellwasser, die er aus einem Kühlfach gezogen und bereits für mich geöffnet hat.

Wir verbringen den meisten Teil der Fahrt schweigend, meine Lider sind geschlossen. Mein Kopf lehnt an seiner Schulter und ich kann den Duft seines Aftershaves riechen. Ich habe den würzigen Geruch mit einem Hauch von Bergamotte mehr vermisst, als ich zugeben würde. Am liebsten würde ich für immer mit ihm in diesem Wagen durch Shanghai fahren. Viel zu früh erreichen wir mein Zuhause.

Liam begleitet mich zur Tür und dann wird mir schwarz vor Augen.

Ich spüre, dass mich jemand hochhebt, aber zu mehr bin ich nicht in der Lage.

„Was ist denn mit ihr?", fragt eine weibliche Stimme. Möglicherweise Emma. Ja, bestimmt sogar.

„Hat ein bisschen zu viel getrunken", erwidert Liam.

„Kommen Sie doch rein, ich zeige Ihnen den Weg zu ihrem Zimmer."

Alles um mich herum wackelt und mir wird ziemlich schlecht, aber ich will mich nicht übergeben. Meine Augen sind nach wie vor geschlossen, das halte ich für den einzigen Weg, Liam nicht sein Hemd vollzukotzen.

Nach einer halben Ewigkeit legt er mich ab, vermutlich auf meiner Matratze.

„Ich lasse Sie alleine." Eine Tür fällt leise ins Schloss und ich weiß nicht, ob Liam schon weg ist. Vorsichtig blinzele ich und stelle fest, dass er vor meinem Bett wartet und besorgt auf mich heruntersieht. Dann setzt er sich auf die Bettkante, streicht über meine Wange und seufzt.

„Ach, Virginia, ich bekomme dich einfach nicht aus meinem Kopf, so sehr ich es auch versuche." Er küsst mich sanft auf die Stirn, steht auf und verlässt mich, ehe ich ein einziges Wort erwidern kann.

16

IST ES MÖGLICH, dass ich das alles nur geträumt habe? Nein, aber das Denken fällt mir dennoch schwer. Diese Kopfschmerzen bringen mich um und zum wiederholten Mal frage ich Emma, ob Liam noch etwas zu ihr gesagt hat, bevor er gegangen ist.

Sie schüttelt jedes Mal den Kopf. „Nein, tut mir leid."

Ich zucke mit den Schultern und gieße mir Wasser in ein Glas. „Hätte ja sein können."

„Deine Großmutter ist mit Tessa auf der Terrasse. Ich dachte, vielleicht möchtest du dich zu ihnen gesellen einen Tee mit ihnen trinken?"

Eigentlich ist mein Bedarf an Kommentaren seitens meiner Schwester gedeckt. Vom Verstecken wird es aber auch nicht besser. Also gehe ich, meine geröteten Augen hinter einer Sonnenbrille kaschierend, hinaus. Wenn Oma weg ist, muss ich mit Tessa über Yang sprechen. Ich bin immer noch geschockt, dass er mich beinahe vergewaltigt hätte, wenn Liam mich nicht gerettet hätte. Zum Glück ist alles gut gegangen. Dass er mir gefolgt ist, kann nur bedeuten, dass ich Liam nicht gleichgültig bin. Wieso sonst hätte er Yang und mir nachgehen sollen? Und dann durchfährt mich die Erinnerung wie ein Blitz. *„Ach, Virginia, ich bekomme dich einfach nicht aus meinem Kopf, so sehr ich es auch versuche."*

Das lässt mich hoffen, dass noch nicht alles verloren ist, egal ob er mit einer anderen Frau zusammen ist oder nicht. Ich muss ihn sehen. Mich bei ihm bedanken.

Allerdings nicht in diesem Zustand. Mein Kater ist schier übermenschlich.

„Granny", sage ich und gebe ihr ein Küsschen. „Hi, Tessa. Wie war's gestern?"

„Wo bist du so plötzlich abgeblieben? Yang habe ich gesehen, aber er meinte nur, du wärst gegangen. Habt ihr euch gestritten?"

Ich presse verärgert die Lippen kurz aufeinander. „Ja, so was in der Art."

„Heißt das, du nimmst die Rolle nicht an?"

„Äh. Ja. Auf keinen Fall."

„Ja was denn nun?"

„Warum? Willst du sie etwa?"

„Gott, wie bist du wieder drauf?" Tessa hebt eine Augenbraue und sieht mich kopfschüttelnd an.

„Mädchen", fährt meine Granny dazwischen. „Streitet euch nicht. Was soll das? Und um was für eine Rolle geht es überhaupt?"

„Mein Kopf! Geht das ein bisschen leiser?", maule ich und lasse mich auf einen Stuhl sinken. „Yang hat mir eine Position in einer Serie angeboten. Aber ich denke nicht, dass ich das nach gestern noch mache."

„Was ist denn passiert?", hakt Tessa nach, glücklicherweise kommt Emma in dieser Sekunde auf die Terrasse und rettet mich vor einer Erklärung.

Granny rollt sichtlich mit den Augen, als sie sie sieht. Ich muss endlich herausfinden, warum sie sie nicht leiden kann und nicht einmal einen Hehl daraus macht.

Immerhin kennen sie sich schon ewig und dieses Theater ist mehr als albern.

„Virginia, es wartet Besuch in der Bibliothek."

„Tatsächlich?" Mein Herz macht einen Hüpfer. Vielleicht ist es Liam.

Mit einem schnellen Satz bin ich auf den Beinen. Es war ein wenig zu schnell für meinen desolaten Zustand und ich sehe Sternchen.

Tessa und Granny schauen mich fragend an, aber ich habe weder Zeit noch Lust für Erläuterungen.

„Würden Sie uns noch etwas Tee bringen?", bittet Granny Emma süßlich.

Emma presst die Lippen aufeinander und verlässt die Terrasse mit mir. „Wann bemerkt deine Großmutter endlich, dass ich nicht ihr Hausmädchen bin …", grummelt sie und ich kann es ihr sogar nachfühlen. Ich finde es schrecklich, wie herablassend sie sie behandelt. „Warum mag sie dich eigentlich nicht?", frage ich, während wir zusammen durch den Flur gehen.

„Ich habe es doch schon gesagt: Ich habe keine Ahnung, Virginia."

Die Antwort ist mir ein wenig zu dürftig, aber ich habe keine Zeit, nachzuhaken. Ich bin mir ziemlich sicher, dass Emma den wahren Grund genau kennt. Wenn ich so darüber nachdenke, kann es doch nur daran liegen, dass mal etwas vorgefallen ist. Nur was?

Mich trifft beinahe der Schlag, als ich Yang mit einem Strauß bunter Sommerblumen erblicke.

„Yang!", rufe ich entgeistert und stolpere einen Schritt rückwärts.

„Virginia, ich muss mich entschuldigen. Ich weiß nicht, was in mich gefahren ist. Es tut mir so leid." Er steht auf und kommt auf mich zu.

„Moment!" Ich strecke die Hand abwehrend aus, um ihn von mir fernzuhalten. „So einfach ist das nicht."

„Ich weiß, ich habe einen großen Fehler gemacht. Ich habe die Kontrolle verloren. Ich bin beschämt." Er sieht auf den Boden und hält den Kopf gesenkt. Er tut mir fast ein bisschen leid, was total albern ist. Immerhin hat er die Frechheit besessen, mich gegen meinen Willen zu betatschen, und er ist auf dem besten Weg gewesen, mich zu vergewaltigen.

Sprachlos beäuge ich den kopfschüttelnden Chinesen. Ich habe noch damit zu kämpfen, meine Enttäuschung zu verbergen, dass er hier ist und nicht Liam. Zudem verspüre ich nicht die geringste Lust, ihm zu vergeben. Ein derartiger Akt ist unverzeihlich. Trotzdem muss ich diplomatisch bleiben, er ist ein einflussreicher Mann. Er könnte unserer Familie schaden, wenn er seinen Zorn nicht nur gegen mich richtet.

„Es ist schon in Ordnung, Yang. Aber ..." Ich sehe kurz auf meine Hände. „Ich brauche mehr Zeit. Es war ..." Meine Stimme bricht ab. Ich möchte jubilieren, das ist der beste schauspielerische Akt meines Lebens. Sagt man nicht, dass der letzte Akt der dramatische Höhepunkt sein muss? Mein letzter Auftritt war definitiv ein absolutes Highlight.

„Bitte sagen Sie mir, dass Sie mir verzeihen, Virginia. Ich kann warten."

„Yang, natürlich. Nur verstehen Sie bitte, dass ich jetzt alleine sein möchte. Wir sind ... Freunde."

Seine Augen leuchten hoffnungsvoll. Er übergibt mir die Blumen und verneigt sich unterwürfig vor mir. „Ich danke Ihnen, Virginia."

Ich bin froh, als er endlich weg ist. Matt sinke ich auf einen der beiden Ledersessel und lasse den überdimensionierten Strauß achtlos auf den Boden fallen. Von Yang nehme ich garantiert nichts an, im Gegenteil. Mit Dad werde ich in den kommenden Tagen sprechen und ihn bitten, seine geschäftlichen Verbindungen zu Yang zu reduzieren. Anzeigen werde ich ihn nicht, da man ihm nichts nachweisen kann und er selbst viel zu einflussreich ist. Das würde nur hässlich werden, aber ich möchte ihn auch nicht ungeschoren davonkommen lassen. Dad wird meinem Wunsch nachkommen, wenn ich ihm erkläre, dass Yang mir zu nahe getreten ist, ohne ins Detail zu gehen.

Müde ziehe ich mein Handy aus der Gesäßtasche meiner Jeans und setze Amélie über die gestrigen Ereignisse ins Bild, weil ich es einfach loswerden muss.

„Liam hat also gesagt, er bekommt dich nicht aus dem Kopf", wiederholt sie am Ende noch einmal, nachdem sie sich heftig über Yang ausgelassen hat, aber damit zufrieden war, dass ich meinen Dad auf ihn ansetze.

„So ungefähr, wenn ich mich richtig entsinne."
„Na siehst du! Das ist doch die halbe Miete. Setz dich in ein Taxi oder in eure Limousine und fahr zu ihm."
„Heute? Ich sehe fürchterlich aus."
„Chérie. Glaub mir, it is now or never."

Ich seufze theatralisch. Was, wenn er nicht mit mir redet und das gestern sozusagen eine Ausnahme war?

Ich schildere ihr meine Bedenken, aber sie lacht nur. „Komm schon. Trau dich! Es ist gar nicht so schwer. Du hast Liam verletzt, du musst jetzt auf ihn zugehen und den ersten Schritt machen."

„Du hast einfach reden, du bist ja quasi verheiratet." Mit einem Idioten, wollte ich beinahe hinzufügen, aber das spare ich mir lieber. Amélie schwebt so was von im siebten Himmel, sie hört gar nicht mehr hin, wenn ich was über Pierre sage.

„Ruf mich an, wenn du ihn getroffen hast", beendet sie das Telefonat.

Nun sitze ich hier.

Okay. Was sind die Alternativen? Ich könnte mich auch in meinem Zimmer vergraben und meinen Kater auskurieren. Oder ich fahre zu ihm und breite mein Herz vor ihm aus. Oder so ähnlich.

Ich blicke an mir herunter. Geduscht habe ich, mein Outfit ist zwar nichts Besonderes, aber ganz in Ordnung. Schließlich gehe ich nicht zur Oscarverleihung. *Was, wenn er nicht zu Hause ist?*, schießt es mir durch den Kopf, als ich im Wagen bin.

Dann habe ich halt Pech oder ich warte. Mal sehen.

Mein Magen fühlt sich kribbelig an. Mir ist übel und daran ist nicht allein mein Alkoholgenuss schuld. Der Pförtner lässt mich durch, ohne vorher anzurufen, was mich ein wenig verwundert. Es kann natürlich auch sein, dass Liam ständig Frauenbesuch hat.

Wah. Mir wird gleich noch übler als ohnehin schon.

Mit pochendem Herzen klopfe ich an seine Tür, die mir nach einiger Wartezeit von der Asiatin geöffnet wird, die Liam zur Gala begleitet hat. Sie trägt nur einen

Hauch von einem Kleid. Seide, schätze ich. Es sieht auf jeden Fall sündhaft sexy an ihr aus.

Also hat er doch was mit ihr. Ich bin vollkommen umsonst hergekommen.

Schlimmer noch. Ich mache mich lächerlich, weil ich hier stehe, während er mit ihr zusammen ist.

Scheiße. Warum hat er dann gestern was anderes gesagt? Oder habe ich das im Alkoholrausch falsch verstanden oder geträumt?

„Ja?", fragt sie mich.

„'tschuldigung", japse ich, „falsche Tür."

Sie sieht mich verständnislos an, nickt schließlich, verschwindet und schließt die Tür leise hinter sich. Ich verharre einen Moment fassungslos vor Liams Wohnung, bevor ich mich umdrehe und davonlaufe.

Das muss man mir erst mal nachmachen. So viel Blödheit musste einfach bestraft werden.

Mit gesenktem Blick marschiere ich in Richtung Aufzug, bemerke nicht, dass jemand auf mich zukommt, bis wir beinahe zusammenstoßen.

„Wolltest du kommen oder gehen?", höre ich eine mir sehr bekannte, dunkle Stimme. Ich sehe zu Liam auf und verliere mich im Blau seiner Augen. Mein Magen zieht sich nervös zusammen. Seine Mundwinkel sind nach oben gebogen und ich fühle mich jetzt mal so richtig verarscht. Verflogen ist das flaue Gefühl und in mir braut sich ein Sturm zusammen. Er besitzt tatsächlich die Frechheit, mich freundlich anzulächeln, während in seiner Bude längst die Neue hockt?

Ohne eine Antwort abzuwarten, schlüpfe ich an ihm vorbei und will meinen Weg fortsetzen, aber Liam hält mich am Arm zurück.

„Verdammt nochmal, rede endlich mit mir, Virginia!" Er zieht mich fest zu sich und plötzlich stehe ich ihm wieder gegenüber.

„Was sollen wir besprechen?", zische ich. „Da drin wartet doch jemand auf dich."

Seine Hand liegt noch immer auf meinem Arm, er sieht mich stumm an, dann begreift er anscheinend, was ich meine, und lacht. Gott, wie sehr ich dieses Lachen vermisst habe.

„Du bist eifersüchtig!", stellt er gut gelaunt fest und seine Augen funkeln amüsiert. Am liebsten würde ich ihm eine Ohrfeige geben. Es steht ihm nicht zu, sich über mich lustig zu machen.

„Du spinnst ja. Ich wollte mich nur für letzte Nacht bedanken." Es klingt wenig glaubhaft, das ist mir selbst klar. Bei Yang habe ich es besser hinbekommen, aber der ist mir auch egal.

„Soso", macht er und neigt seinen Kopf zur Seite. Er glaubt mir nicht.

Sein Daumen streichelt meinen Arm und mein Körper reagiert mit einer Gänsehaut.

Na toll. Verräter.

„Sie ist die Freundin meines Bruders", klärt er mich auf. „Die beiden sind zu Besuch bei mir, ich habe ihr gestern einen Gefallen getan, indem ich sie mitgenommen habe. Sie würde gerne Model werden."

„Ach ja?", frage ich und meine Stimme ist nicht so fest, wie ich es gern hätte.

„Ja", bestätigt er und zieht mich ein Stück näher an sich heran. „Sollen wir uns nicht einmal aussprechen? Ich glaube, das ist bitter nötig."

„Was gibt es denn noch zu reden?" Ich recke mein Kinn bockig nach vorn, um meinen Standpunkt deutlich zu unterstreichen.

„Spiel nicht das verwöhnte Mädchen, Virginia. Ich weiß, dass mehr in dir steckt."

Ich atme hörbar aus. „Also gut. Lass uns reden, deswegen bin ich hier."

„Wir stehen hier im Hausflur, sollen wir nicht irgendwo hingehen, wo es … gemütlicher ist?"

Er sieht mich an und ich muss schlucken. Ich habe ihn so vermisst. Wie sehr, merke ich erst jetzt.

„Aber nicht in deine Wohnung. Das ist mir peinlich."

„Wieso denn ?" Seine Stirn ist gekräuselt.

„Ich habe gesagt, ich habe mich in der Tür geirrt."

„Haha. Herrlich! Los, komm."

Liam nimmt meine Hand in seine und wir setzen uns in den Flur. Nicht gerade intim, aber es fühlt sich irgendwie richtig an, hier an Ort und Stelle zu bleiben.

„So, dann schieß mal los", fordert er mich auf.

„Womit?"

„Warum die Lügen? Amél… äh, Virginia?"

Ich seufze leise. „Es ist kompliziert", beginne ich.

„Das ist es doch immer. Mach es einfach", bittet er mich und mein Herz schmilzt dahin, wenn er mich so durchdringend ansieht. Warum habe ich bloß so lange gebraucht, um zu begreifen, dass ich mich in ihn verliebt habe? Vielleicht deswegen, weil ich mit meinen fünfundzwanzig Jahren noch nie ernsthaft verliebt war.

„Also, ähm." Ich räuspere mich. „Ich bin die jüngste von fünf Schwestern, mein Vater ist ein einflussreicher Patriarch, ich hatte es satt, ständig nach meiner Herkunft beurteilt zu werden."

„Das war die kurze Kurzfassung", kommentiert er und streichelt meinen Handrücken mit seinem Daumen. „Und deine Mutter?", fragt er und mein Magen macht eine Umdrehung.

„Hast du nicht recherchiert?" Ich kann ihm momentan nicht die ganze Geschichte über ihr Verschwinden darlegen. Es ist viel zu traurig und verwirrend. Ich will nicht, dass er mich mit diesem mitleidsvollen Blick ansieht, der mich in meiner Kindheit so häufig begleitet hat.

Er schüttelt den Kopf. „Nein. Ich habe dir schon mal gesagt, dass ich die Leute bewerte, nachdem ich sie persönlich kennengelernt habe. Erzähl es mir. Sind deine Eltern geschieden?"

„Nein. Meine Mutter ist ... vermutlich tot." So, jetzt ist es raus.

„O Gott. Das tut mir leid. Was ist passiert?" Wie erwartet schaut er mich mit einem mitfühlenden Ausdruck an, aber ich kann ihm nicht ins Gesicht sehen, schlage meine Augen nieder und sammele nicht vorhandene Fussel von meiner Jeans.

„Es ist eine lange Geschichte, die möchte ich lieber nicht hier im Flur erörtern, okay? Ihr Verschwinden war letzten Endes jedenfalls der Grund dafür, warum wir England den Rücken gekehrt haben. Unsere Familie hat es nach all dem Leid nicht mehr ausgehalten, immer wieder in den Fokus der Regenbogenpresse zu geraten. Mein Vater ist unschuldig, das weiß ich, aber da nie eine

Leiche gefunden wurde, konnte man folglich auch nie beweisen, dass er mit ihrem Verschwinden nichts zu tun hatte. Ich wollte einfach mal keine Prescott sein, verstehst du? Ich habe es gebraucht, einmal so sein zu dürfen, wie ich es will. Ich wollte dich nie so anlügen, Liam. Bitte glaub mir." Ich sehe wieder zu ihm auf und muss schlucken. In seinem Blick liegt so viel Liebe, dass ich mich nur noch in seine Arme schmiegen möchte. Für den Rest meines Lebens.

„Ach, Virginia. Ich … Es muss schlimm für euch gewesen sein. Es ist in Ordnung, dass du Zeit brauchst. Virginia passt übrigens viel besser zu dir", sagt er zärtlich zu mir. „Aber … wieso hast du mich weiter belogen, auch nachdem wir … miteinander geschlafen haben? Du wusstest, dass ich Leute nicht nach öffentlichen Meinungen oder Namen beurteile."

„Es hat sich irgendwie nicht ergeben, es dir zu sagen."

„Ach komm", brummt er. „Es gibt immer eine Möglichkeit für die Wahrheit! Du hast mit mir gespielt."

„Nein, so war es nicht!", verteidige ich mich, aber ich weiß, dass er recht hat.

Sein Kopfschütteln versetzt mir einen Stich. Mir ist bewusst, dass ich diejenige bin, die Mist gebaut hat.

„Okay, okay. Also gut, vielleicht habe ich unsere … Affäre am Anfang nicht so ganz ernst genommen", gebe ich zu. Liam entspannt sich ein wenig neben mir.

„Hm. So kommen wir der Sache langsam aber sicher näher", meint er und streicht mit dem Daumen über meinen Handrücken.

„Ja, also, jedenfalls: Es tut mir leid, dass ich dich angelogen habe, Liam. Ich will es wiedergutmachen. Ich werde dich nie wieder anlügen."

Ich sehe zu ihm auf und mein Mund wird ganz trocken, als sich unsere Blicke erneut treffen. Diesmal entdecke ich noch viel mehr in seinen Augen: Liebe und noch etwas anderes, das noch viel tiefer geht als bloße körperliche Anziehung.

„Und jetzt?", fragt er mich mit rauer Stimme.

„Jetzt dürfen Sie die Dame küssen ..."

„Ich habe dich schrecklich vermisst", flüstert er und vergräbt eine Hand in meinem Haar. „Aber ich war so sauer auf dich!"

Seine Lippen sind sanft und fest zugleich. Dieser Kuss drückt alles aus, was ich selbst fühle. Sehnsucht, Liebe und Geborgenheit. Es ist himmlisch, ihm endlich wieder so nah zu sein. Viel zu schnell löst er sich von mir.

„Und wer war der Kerl gestern?", hakt er nach.

„Das ist eine lange Gesichte", erwidere ich seufzend.

„Wir bleiben hier, bis ich alles weiß."

„Yang ist ein großer Medienmogul, er hat mir eine Rolle angeboten. Ich bin Schauspielerin. Oder vielmehr habe ich Schauspielkunst und Drehbuchschreiben in Los Angeles studiert."

„O wow. Das klingt spannend. Nicht das mit dem Arschloch. Du solltest ihn anzeigen."

Ich schüttele den Kopf. „Nein, das kann ich nicht machen. Es war ja auch nicht so schlimm."

„Nicht so schlimm?" Er wirkt aufgebracht. „Das Schwein hat dich begrapscht ... Wenn ich nicht dazwischengegangen wäre, dann ..."

„Hey", beruhige ich ihn und lege ihm eine Hand auf seine unrasierte Wange. „Es ist gut. Ich werde nie wieder etwas mit ihm zu tun haben, außerdem werde ich meinen Dad bitten, keine Geschäfte mehr mit ihm zu machen. Warum bist du uns überhaupt gefolgt?"

Er hebt die Augenbrauen. „Keine Ahnung, Intuition? Ich weiß auch nicht. Vielleicht war ich eifersüchtig?"

„Wirklich?", frage ich hoffnungsvoll.

„Bild dir bloß nichts darauf ein", grummelt er.

„Natürlich nicht, Liam." Ich grinse sicherlich so breit wie ein Honigkuchenpferd.

„Du wirst von nun an immer aufrichtig zu mir sein?", hakt er noch einmal nach und weil ich weiß und verstehe, warum es ihm so wichtig ist, nehme ich seine Hand und küsse den Handrücken.

„Ja, ich werde dir von nun an und jederzeit die Wahrheit sagen. Ehrenwort. Ich werde dir immer die Wahrheit sagen, auch wenn es bedeutet, dass du nicht glücklich darüber sein wirst."

„Was meinst du?"

„Zum Beispiel das Hemd, das du gerade trägst, ist … ähm, hässlich."

Er runzelt die Stirn und lacht. „Okay, gut. Immer ehrlich. Verstanden." Er nickt, im nächsten Moment weiten sich seine Pupillen. „Du willst mir damit sagen, dass du es mir ausziehen willst?"

Mein Puls beschleunigt sich und mein Magen zieht sich nervös zusammen. „O ja."

„Tja, da muss ich dir leider mitteilen, dass meine Wohnung belagert wird."

Ich atme hörbar aus. „Hab ich befürchtet. Ich wohne bei meinem Dad."

„Tja, was bleibt uns dann übrig?"

„Hotel?" Ich muss lachen.

„Ja, das … Oder ich stelle dir meinen Bruder vor. Wegen dir musste ich mir nämlich heute eine ganz schöne Standpauke anhören, weil ich Lucy einfach so auf der Gala habe stehen lassen, um dich zu retten."

„Ups. Das … tut mir leid."

„Schon gut, ich habe es gerne gemacht", informiert er mich großzügig und zieht mich mit einem festen Ruck auf die Beine.

„Dein Bruder hasst mich jetzt bestimmt, oder?"

„Glaube ich nicht, komm mit."

Ich bin wirklich nervös, als Liam die Tür aufschließt und mich hinter sich herzieht. Das junge Paar sitzt auf dem Sofa und schaut sich irgendwas auf einem Computerbildschirm an, als wir eintreten.

„Hi", sagt Liam und zwei gespannte Augenpaare richten sich auf uns. Sein Bruder ist ihm sehr ähnlich, ein bisschen älter wahrscheinlich. Sie haben die gleichen leuchtenden blauen Augen. „Das ist Virginia, ich habe euch von ihr erzählt."

Lucy grinst breit. „Ach, du bist das. Doch nicht in der Tür geirrt? Ich dachte mir schon so was."

Meine Wangen brennen. „Äh. Na ja. Nein. Irgendwie nicht. Aber ich war mir nicht sicher."

Puh. Es ist eine so peinliche Situation. Ich würde am liebsten im Erdboden versinken.

„Glück für dich, Liam, dass es sie tatsächlich gibt. Dann stimmt es wenigstens, dass er dich aus den Fängen eines Sittenstrolchs gerettet hat?", fragt Liams Bruder, legt den Laptop ab und steht auf. „Ich bin übrigens Jason", stellt er sich bei mir vor. „Und das ist meine Freundin Lucy, ihr kennt euch ja bereits." Er zwinkert mir zu und Lucy reicht mir ihre Hand, nachdem ich Jasons geschüttelt habe.

„Ja, äh, hallo", sage ich noch einmal. „Virginia."

Lucy wirft Jason einen vielsagenden Blick zu. „Ja, also, wir wollten sowieso gerade los. Was einkaufen. Wir sind bestimmt so – äh, Lucy, was meinst du? Drei Stunden, oder so? – unterwegs".

Sie lächelt. „Ja, wir werden lange brauchen, um das alles zu besorgen, was wir benötigen."

Liam nickt den beiden zu und ich begreife endlich. Sie geben uns Raum für uns. O Gott. Ich kann es gar nicht glauben. Mein Leben hat gerade so eine rasante Wendung genommen, dass mein Kopf Schwierigkeiten hat, hinterherzukommen. Liegt auch ein bisschen an den Nachwehen von gestern. Noch ehe ich das alles so richtig verarbeitet habe, knallt die Tür hinter ihnen zu und ich bin mit Liam allein.

„So, jetzt sind wir zu zweit", stellt er fest und nimmt meine Hände in seine.

„Ja. Sieht so aus." Warum zur Hölle bin ich auf einmal so nervös?

„Es fühlt sich gut an, wieder bei dir zu sein."

Diese Worte gehen runter wie Öl. „Danke Liam, dass du mir verzeihst."

„Wer hat denn was davon gesagt?", scherzt er, aber ich sehe in seinen Augen, dass er es nicht so meint. Und dann zieht er mich in seine Arme und ich vergesse, was ich erwidern wollte. Liam ist alles, was ich zum Glücklichsein brauche. Er ist mein Fels in der Brandung, mein Retter in der Not und mein Helfer, wenn ich mir selbst im Weg stehe.

„Ich liebe dich", flüstere ich, bevor ich ihn küsse.

Epilog

„BIST DU BEREIT?", frage ich Liam. „Meine Familie ist wie eine Herde Raubtiere." Wir stehen in meinem Zimmer und machen uns für das Abendessen fertig. Obwohl ich die letzten Nächte bei ihm verbracht habe, ist der Großteil meiner Sachen nach wie vor im Haus meines Vaters. Dads Angebot, in seinem Unternehmen zu arbeiten, habe ich höflich abgelehnt, bin aber dabei, mit Liam zu verhandeln, ob er nicht vielleicht eine Stelle in seiner Firma für mich frei hätte. Wir haben uns sehr viel über sein Leben und die Ideologien unterhalten, die er verfolgt, und je mehr ich darüber erfahre, desto spannender finde ich es. Weil ich nichts überstürzen muss, werde ich ihn zunächst auf ein paar Reisen begleiten und mir alles ganz genau ansehen. Ich kann noch immer nicht fassen, dass das alles wirklich passiert. Mein Dad war eventuell ein klitzekleines bisschen enttäuscht, als ich ihm gesagt habe, dass ich nicht bei *Prescott Enterprises* anfange, hat sich aber schnell wieder erholt.

„Ich bin so bereit, wie ich es nur sein kann." Sein Atem kitzelt an meinem Ohr. Er steht hinter mir und zieht den Reißverschluss meines Cocktailkleides langsam zu. „Ich kann gar nicht abwarten, dir das Kleid nachher vom Leib zu streifen und jeden Zentimeter deiner Haut zu küssen."

„Sag das nicht", bitte ich ihn, weil mein Körper sofort darauf reagiert. „Ich kann sonst nicht vor meine Familie treten, wenn ich in Wahrheit an was anderes denke."

„An was denn zum Beispiel?", fragt er unschuldig und küsst meinen Nacken.

„Jesus, Liam! Hör auf damit!" Ich drehe mich zu ihm um und schaue in seine schönen Augen. Seine Pupillen sind geweitet und es beruhigt mich, zu sehen, dass es ihm genauso geht wie mir. Ich wünsche mir, dass es für immer so bleibt.

Aber zunächst muss er erstmal einen gemeinsamen Abend mit meinem Dad, meiner Granny, Megan und Tessa überstehen. Vielleicht will er danach ja auch gar nichts mehr mit mir zu tun haben, was ich nicht hoffe. Dabei sind wir nicht einmal komplett. Ashley ist in Sachen Kunst unterwegs und Kate hat heute selbst ein geschäftliches Dinner. Für die Familieneinführung genügt es sicher, fünf von sieben dabeizuhaben.

Ich bin ziemlich nervös, als wir ins Esszimmer treten. Es sind schon alle da.

„Liam", höre ich meinen Dad, „außerordentlich schön, Sie zu sehen." Er kommt auf uns zu, gibt erst mir einen Kuss auf die Wange. „Virginia", sagt er und klopft Liam dann auf die Schulter.

„Guten Abend, Jonathan."

„Darf ich Ihnen Eugenie, meine Mutter und die Großmutter der Mädchen, Megan, die Älteste, und Tessa, die Vierte von fünf, vorstellen?"

„Sehr gerne, vielen Dank für die Einladung."

„Aber natürlich, wo Sie quasi zur Familie gehören."

„Dad", zische ich. Er soll es mal nicht übertreiben. Aber wenn ich ganz ehrlich bin, dann weiß ich, dass Liam der Mann meines Lebens ist. Voller Liebe blicke ich zu ihm auf und lächle ihm aufmunternd zu.

Granny mustert ihn skeptisch. Sie hätte natürlich am liebsten einen Briten an meiner Seite gesehen, aber wenigstens ist Liam kein Amerikaner. Die hätten die schlechtesten Manieren, sagt sie immer. Ich habe nur gelacht und sie gedrückt. Sie meint es ja nicht so.

„Jonathan, hast du dir eigentlich schon überlegt, wie du deinen Geburtstag feiern möchtest?", erkundigt sich meine Großmutter neugierig, nachdem wir mit der Vorspeise begonnen haben.

„Das ist alles längst geplant, Mutter. Ach, habe ich euch erzählt, dass eure Tante demnächst zu Besuch bei uns sein wird?"

„Helen?", fragt Megan und mir fällt auf, dass sie in letzter Zeit ziemlich abgespannt aussieht. Sie ist blass und dünn geworden.

„Wie viele Tanten haben wir sonst?", kommentiert Tessa und erntet einen strengen Blick von Großmutter.

„Wie schön!", werfe ich ein und freue mich wirklich, Helen mal wieder zu sehen.

„Ja, wisst ihr, sie und William haben sich getrennt und sie möchte ein wenig Abstand von alldem nehmen."

„Nein!", rufen wir Schwestern wie aus einem Munde.

„Ich fürchte doch", fährt mein Dad fort. „Aber lasst das mal nicht eure Sorge sein."

Tante Helen ist die Schwester meiner Mutter und eigentlich die Einzige von dieser Seite der Familie, die den Kontakt zu uns aufrechterhalten hat. Alle anderen haben meinen Dad auch ohne Beweise verurteilt. Schnell schüttele ich den Gedanken daran ab. Wir sind heute zusammen, weil Liam meine Sippe kennenlernen soll, und nicht, um alte Geschichten auszugraben.

„Ist alles okay?", flüstert er in mein Ohr.

Ich nicke. „Ja, bei dir auch?"

Es ist schön, wie vertraut es sich mit ihm schon nach so kurzer Zeit anfühlt. Ich hätte das bis vor Kurzem nie für möglich gehalten.

Trotzdem bin ich froh, als wir nach dem Abendessen zu Liams Wohnung aufbrechen. Sein Bruder ist schon wieder auf dem Weg zurück nach Australien, um alles für den Umzug nach Shanghai zu organisieren, und wir sind damit ganz für uns.

„Endlich!", meint er lustvoll und zieht den Reißverschluss meines Kleides mit einer hastigen Bewegung nach unten. „Ich habe mich gefragt, wie lange ich es noch aushalten soll!"

Ich lehne mich an ihn und genieße die Wärme, die von ihm ausgeht.

„Wir haben doch alle Zeit der Welt."

„Ich kann einfach nicht genug von dir bekommen, Virginia."

„Und ich nicht von dir."

Er dreht mich sanft zu sich um, küsst mich lange und intensiv, bevor er seinen Mund von meinem löst.

„Ich liebe dich", sagt er mit belegter Stimme und mein Herz läuft über vor Glück.

„Und ich liebe dich, Liebster", erwidere ich und ziehe seinen Kopf wieder zu mir. Er ist mein Ein und Alles. Für immer.

Bonuskapitel Liam

ZÄRTLICH STREICHE ICH über Virginias Schulter, sie atmet leise im Schlaf. Sie sieht so jung und zerbrechlich aus, wie sie neben mir liegt. Ich wusste vom ersten Moment, dass sie die Richtige ist. Seit ich ihren Schuh aus den Holzdielen der Dachterrasse gerettet habe und sie mich mit ihren hübschen, großen Augen angesehen hat.

Nie hätte ich für möglich gehalten, dass ich mich so Hals über Kopf in eine Frau verlieben könnte. Nicht, nachdem ich meine Seele jahrelang vor jeglicher Liebe verschlossen hatte. Doch Virginia – oder Amélie, wie sie sich mir zunächst vorgestellt hatte – musste gar nichts tun und schon hatte sie sich einen Platz in meinem Herzen erschlichen. Umso mehr hat mich ihre Lüge getroffen, ich fühlte mich betrogen und ausgenutzt. Und das, obwohl ich mir geschworen hatte, mich niemals schwach und abhängig von einem Menschen zu machen.

Es waren die längsten zwei Wochen meines Lebens, nachdem ich nach der Dinnerparty aus dem Haus ihres Vaters verschwunden bin. Ich habe diese Zeit gebraucht, bis meine Wut und meine Enttäuschung zumindest ein wenig verpufft waren.

Und dann habe ich sie auf der Mediengala wiedergesehen. Wie ein strahlender Engel im Rampenlicht, der sich seiner Schönheit gar nicht bewusst ist. Die Eifersucht hat mich härter mitgenommen als ihre Lüge. Diese

Erkenntnis hat mich beinahe umgeworfen, nur deswegen bin ich ihr und dem Chinesen gefolgt.

Zum Glück! Ich kann mir gar nicht vorstellen, was passiert wäre, wenn ich nicht eingeschritten wäre. Ich balle meine Hände zu Fäusten und presse meine Kiefer aufeinander. Obwohl Virginia mir bereits tausendmal versichert hat, dass es ihr gut geht und sie keine Angst mehr hat, wünsche ich dem Kerl die Pest an den Hals. Ich verstehe, dass eine Anklage nichts bringen würde, das hindert mich aber nicht daran, ihn abgrundtief zu hassen. Sollte ich ihm jemals begegnen, kann ich für nichts garantieren.

Virginia seufzt leise im Schlaf und kuschelt sich an mich. Sofort legt sich ein Lächeln auf meine Lippen und ich ziehe sie enger in meine Arme.

Sie ist mein Herz, mein Ein und Alles. Bevor ich sie kannte, wusste ich nicht, was wahre Liebe ist. Und jetzt werde ich sie nie wieder loslassen.

Ich bin froh, dass sie gleich nach dem Vorfall zu mir gekommen ist. Ich hätte es ohnehin keinen Tag länger ohne sie ausgehalten. So bin ich mir sicher, dass sie mich auch wirklich liebt. Ich glaubte ihr, als sie sich aufrichtig und reumütig bei mir entschuldigt und gesagt hat, dass sie es ernst mit mir meint. Ich kann es kaum erwarten, den Rest meines Lebens mit ihr zu teilen, und bin mir sicher, dass ich mit ihren Schwestern Unterhaltsames erleben werde. Familienfeiern werden bestimmt nicht langweilig, so viel ist klar, nachdem ich einige der Prescotts kennengelernt habe. Ich mag sie alle, so verschieden sie auch sind. Mit ihrem Dad werde ich gewiss noch die eine oder andere interessante Diskussion führen. Er, der Unternehmer der alten Schule, und ich, der moderne Nomade und Internetmillionär.

Ich muss schmunzeln und streiche zärtlich über Virginias Nacken, bevor ich sanft an ihrer Schulter rüttele. „Virginia, ich weiß, du schläfst gut und es war ein sehr ermüdender Nachmittag ... nur, wenn wir jetzt tatsächlich zum Maskenball gehen wollen, musst du aufstehen."

Sie blinzelt und schlägt ihre Lider auf. „Was? Wie viel Uhr ist es?"

„Wir sollten vor dreißig Minuten unterwegs sein."
„Mist", flucht sie und steht langsam auf.

„Schon gut, da wir maskiert sein werden, kannst du getrost auf ein überschwängliches Make-up verzichten."

„Stimmt", lacht sie und gibt mir einen Kuss.

Eine Stunde später betreten wir gemeinsam den großen Ballsaal. Ihre Hand liegt auf meinem Arm, unsere Gesichter sind von Masken bedeckt, wie bei unserem ersten Treffen. Heute ist alles anders. Obwohl sie mich anfangs belogen hat, kenne ich nun den Grund und kann sie sogar ein wenig verstehen. Manchmal ist ein Mensch aufrichtiger zu sich selbst, wenn er eine andere Rolle spielt. Klingt paradox, ist aber wahr. Virginia hat sich erst gefunden, nachdem sie sich als Amélie ausgegeben hat.

„Du bist die schönste Frau im Saal", sage ich zu ihr und ziehe sie noch ein Stückchen enger an mich.

„Du Schwindler, es haben ja alle Masken auf! Du siehst die anderen Gesichter ja nicht."

„Es ist mir egal, ich weiß es, weil du für mich immer die reizvollste Frau der Welt bleiben wirst, jung und begehrenswert oder alt und faltig in siebzig Jahren. Weil du du bist, Virginia."

„Das hast du lieb gesagt, Liam. Ich hoffe trotzdem sehr, dass uns die Falten noch ein Weilchen erspart bleiben." Sie lacht und wir steuern die Bar an. Ein Glas Champagner zur Einstimmung auf den Abend kann nicht schaden. Am meisten freue ich mich auf den Walzer, der hoffentlich kommen wird. Danach werde ich sie mit nach Hause nehmen und nicht wie beim letzten Mal davonlaufen lassen. Unser Märchen endet definitiv mit einem Happy End.

ENDE

Vorschau Band 2

Die Entführung

—

Prescott Sisters 2

Eine ungewöhnliche Begegnung, sehnsüchtige Blicke, brennendes Verlangen.

Dass jemand Megans bislang so geordnetes Leben auf einen Schlag durcheinanderbringen könnte, war für sie undenkbar. Doch als sie in eine alte Villa inmitten eines Bambuswaldes verschleppt wird, steht alles Kopf. Ihr nicht gänzlich unbekannter Entführer bringt mit seiner bestimmten Art mehr ins Wanken, als nur ihr seelisches Gleichgewicht …

Prolog Band 2

„Schon okay", murmele ich, was es natürlich nicht ist. Es ist nicht in Ordnung, wie er mich behandelt hat. Das auszudiskutieren, ist im Moment jedoch sinnlos.

„Ich helfe dir", teile ich ihm mit, woraufhin Hunter mich mit offenem Mund anstarrt.

„Du ... hilfst mir?" Seine samtige Stimme ist leise, beinahe ungläubig. Es ist einer dieser Augenblicke des stummen Austauschs von Emotionen zwischen uns, wie wir es so oft hatten in den letzten beiden Tagen. Ich weiß, dass ihm mein Entgegenkommen viel bedeutet, und eine seltsame Wärme durchflutet meinen Körper.

„Ja", gebe ich gespielt gelassen zurück. „Ich habe ja keine Wahl, nicht?" Ich lache zu schrill. Gott, ich führe mich wie ein verdammter Teenager auf. Wann genau ist die selbstbewusste Megan mit dem scharfen Verstand verloren gegangen?

Vermutlich auf dem langen Weg von Shanghai nach Moganshan.

Er nickt mir zu. Ungewohnt förmlich. Typisch asiatisch. Es ist seine Art, mir seinen Respekt zu zeigen. „Danke, Megan. Ich danke dir."

Er kommt auf mich zu, und in meinem Magen flattert etwas auf. Schon wieder. Obwohl ich nichts weniger als das gebrauchen könnte, fühle ich mich von ihm angezogen. Er ist so männlich, bestimmt, und das finde ich sexy. Unglaublich sexy.

„Noch gibt es nichts zu danken", antworte ich verlegen, weiche seinem Blick nicht aus. Im Gegenteil, es ist, als läge ein unsichtbares Band zwischen uns. Ich kann nicht wegsehen und ich will es auch nicht.

Der Moment ist atemberaubend und mir wird ganz flau, als der Anflug eines leichten Lächelns um seine Mundwinkel erscheint. Es ist das erste Mal, dass ich ihn lächeln sehe, seit wir hier sind. Seine dunklen, mandelförmigen Augen sind nach wie vor auf mich gerichtet. Mein Blut rauscht wie ein Wasserfall durch meinen ohnehin schon vom Bad erhitzten Körper. Hunter tritt plötzlich noch einen Schritt auf mich zu und umarmt mich. Ganz ohne Vorwarnung.

Ich unterdrücke einen überraschten Seufzer. Er streicht über meinen Rücken und ich schmiege mich in seine Arme. Es ist so schön, von ihm gehalten zu werden, auch wenn es falsch ist. Ich liebe es, wie sich seine Nähe anfühlt. Der männliche Geruch, der so typisch für ihn ist, umgibt uns und benebelt meinen Verstand vollends.

„Du solltest loslassen", flüstere ich, tue aber nichts, was ihn davon überzeugen könnte. Stattdessen schmiege ich mich noch ein wenig enger in seine Arme.

„Ich will nicht loslassen." Seine Stimme ist rau. Ich kann den Sturm, der in seinem Inneren tobt, förmlich spüren, und der Klang seiner Worte hallt noch lange in mir nach. Er will mich auch nicht loslassen, wiederhole ich seinen Satz in meinen Gedanken. Es fühlt sich so gut an, alles in mir schreit danach, dass er mich küsst. Ich will mehr als nur eine Umarmung.

„Du musst", kommt über meine Lippen. Es klingt wenig überzeugend.

„Du stehst noch hier bei mir, deine Hand liegt auf meiner Hüfte. Meinst du nicht, es ist … gegenseitig?"

O Gott. Wann habe ich meine Hand auf seine Hüfte gelegt? Was habe ich noch getan, ohne es wahrzunehmen? Ich fühle mich berauscht, so lebendig wie nie zuvor. Dabei ist rein gar nichts zwischen uns passiert.

Das ist nicht ganz korrekt, denn wenn ich ehrlich bin, ist eine Menge vorgefallen. Ich war nie gut in Chemie, dennoch ist klar, dass uns eine merkwürdige Anziehung verbindet, die man sachlich nicht erklären kann. Auf einer ganz anderen Ebene wissen unsere Körper instinktiv, dass wir wie füreinander geschaffen sind. Ich fand ihn immer schon attraktiv, aber natürlich habe ich keinen Gedanken daran verschwendet. Immerhin waren wir Kollegen und ich hätte nie zugelassen, dass da mehr sein könnte. Diese Zurückhaltung ist nun Geschichte. Mein Organismus verselbstständigt sich quasi, sobald er nur noch auf Armeslänge von mir entfernt ist, – ob ich es möchte oder nicht. Und im Moment wünsche ich mir nichts mehr, als dass er mich endlich küsst.

Mein Herzschlag ist schnell wie ein Presslufthammer. Ich sollte mich von ihm lösen, versuche mich ein letztes Mal dazu zu bewegen, mich aus seiner Umarmung zu winden. Das alles ist mehr als unangebracht. Ich sollte mich von ihm entfernen, auch wenn der Gedanke daran, auch nur einen Zentimeter Abstand zwischen ihn und mich zu bringen, mich förmlich körperlich leiden lässt.

Ich kann nicht. Ich kann es nicht. Alles in mir schreit danach, dass ich das tun sollte, wonach ich mich sehne. Ich will es wie nichts zuvor, – auch wenn es wahrscheinlich der größte Fehler meines Lebens sein wird.

Über die Autorin

Wenn ich nicht schreibe, was ziemlich häufig der Fall ist, verbringe ich die Zeit mit meinen beiden Kleinsten, meinem Mann und dem Rest unserer internationalen Patchworkfamilie. Manchmal wundere ich mich selbst, dass ich trotz meines Alltags überhaupt etwas zu Papier bringe. Und dann sind die Kinder im Kindergarten, der Hund schläft müde auf seinem Kissen und ich sitze wieder am PC und vergesse die Welt um mich herum. Endlich hacke ich wieder auf die Tastatur ein und schreibe, bis ich Krämpfe in den Händen bekomme. Dann weiß ich wieder, wieso, denn das Schreiben ist für mich die schönste Zeit des Tages.

Ich bin Jahrgang 1979 und lebe seit vielen Jahren in der Lüneburger Heide, komme ursprünglich aber aus Süddeutschland.

Danksagung

Liebe Leserin!
Lieber Leser!

Ich bedanke mich bei allen Leserinnen und Lesern. Ihr seid großartig, ohne Euch wären meine Bücher in dieser Form gar nicht da. Wenn Euch mein Buch gefallen hat, freue ich mich sehr, wenn Ihr eine Rezension dazu verfasst. Ich lese jede einzelne davon und sie helfen mir, meine Bücher noch weiter zu verbessern.

Danke auch, liebes Bookrix-Team. Ihr seid immer für mich da und habt vieles für mich möglich gemacht, wovon ich nie zu träumen gewagt habe. Allen voran danke ich Lisa Frank, ich kann sie wirklich immer mit jedem noch so unsinnigen Problem nerven und sie bleibt trotzdem immer gut gelaunt und zuversichtlich. Außerdem bedanke ich mich bei Sandra für den professionellen Printbuchsatz und bei Andreas für das Korrektorat.

Last but not least danke ich meiner Familie und vor allem meinem Mann, der alle meine Launen Tag für Tag erträgt. Und ich weiß, das ist nicht immer einfach …
Schaut gerne auf meiner Facebook-Seite vorbei, ich würde mich freuen.

Wenn ihr sicher sein wollt, dass ihr keine Neuerscheinung verpasst, meldet euch zu meinem Newsletter an. (http://www.karinlindberg.info/newsletter/)

Alles Liebe,
Karin Lindberg

Buchempfehlung

Wedding-Planners-Reihe von Eva Maro

Band I „Solo für Zwei"

Anna ist erledigt! Als Innenarchitektin kassiert sie eine Absage nach der anderen - bis ihr ein Auftrag in den Schoß fällt, um den sie nicht gebeten hat. Sie soll die Hochzeit des verwöhnten It-Girls Doreen von Reichenfells ausrichten.

Obwohl Anna und ihre Mitbewohnerinnen den Glauben an die große Liebe verloren haben, stürzen sie sich voller Elan in die Hochzeitsplanung – alles könnte perfekt sein, wäre die Braut nicht der unausstehlichste Mensch, dem sie je begegnet sind.

Als dann auch noch der verführerische Marc Barton in ein großzügiges Loft im Hinterhaus zieht und Anna mit Charme und Schlagfertigkeit entwaffnet, sieht sie rot. Zum Glück ist Marc zur Stelle, um sie auf seine ganz eigene, unnachahmliche Art zu beruhigen.

Aber warum gibt er sich so geheimnisvoll? Wieso ist seine Vergangenheit für Anna tabu? Das lässt nur einen Schluss zu. Oder?

Der Roman ist in sich abgeschlossen.

Band II »Wild @ Heart« - ab 19. Mai 2017
Band III »Zuckersüß verliebt« - ab 9. Juni 2017
Band IV »Hauchzarte Küsse« - ab 30. Juni 2017
Band V »Montags-Braut« - ab 21. Juli 2017